돌봄이 아니라
인생을 배우는
중입니다

요양보호사가 쓴 요양원 이야기

돌봄이 아니라
인생을 배우는
중입니다

전계숙 에세이

책읽는마을

인생의 마지막을 빛내는
돌봄의 자리에서

2010년 10월 20일 새벽 5시 30분. 다급한 초인종 소리와 문 두드리는 소리에 잠이 깼다. 잠이 덜 깬 상태로 현관문을 열자 나와 친하게 지냈던 요양원 간호사 선생님이 흔들리는 눈동자로 서 있었다.

"왜 핸드폰을 꺼놨어요. 엄마… 가셨어요."

예감했었다. 그래서 나는 일부러 핸드폰 전원을 꺼놓았다. 그런다고 엄마의 죽음이 유예되지는 않겠지만, 심리적 불안감을 줄이는 데 도움이 되었다. 그 순간 지난 삼 년간의 일들이 주마등처럼 스쳐갔다.

누구나 그렇듯이 처음엔 가벼운 건망증인 줄 알았다. 나이가 들면 누구에게나 찾아오는 그런…. 어느 날 엄마는 매일 보던 친구를 못 알아보셨다. 엄마의 몸이 한쪽으로 쏠리면서 시력에 이상이 생겼다. 병원에서 혈관성치매라는 진단이 나오는 날부터 나는 걷잡을 수 없는 소용돌이 속으로 빨려들어가는 듯한 충격을 받았다. 물론 내 엄마도 치매에 걸릴 수 있다. 그런데 이상하게 나는 나를 설득하지 못했다. 엄마 인생의 마지막이 치매로 얼룩진다는 게 불공정한 거래 같았고, 굴곡진 삶을 사셨던 엄마에게 내리는 형벌치고는 너무 가혹하다는 생각에 나는 인정하고 싶지 않아 몸부림쳤다.

당시 나는 중고등학생을 상대로 오랫동안 국어와 논술 과외를 하던 중이었다. 다행히 엄마는 일상생활이 어느 정도 가능해서 한동안 주간보호센터에 다니셨다. 그러나 엄마는 주간보호센터에 적응하지 못하셨다. 엄마의 본능 속에 잠재된 강한 자존심이 유치원 수준의 주간보호센터 프로그램을 거부하셨다. 치매에 걸렸어도 본능은 작동하는 법. 나는 재가요양보호를 신청했고, 내가 없는 동안에 요양보호사가 집으로 와서 엄마를 돌봐주었다. 하지만 엄마의 치매는 갈수록 심해져만 갔다. 결국 2009년 엄마도 요양원에 입소하시게 되었다.

엄마가 요양원에 계셨던 일 년 남짓한 동안 과외 수업이 없는 시간을 이용하여 나는 거의 매일 면회를 다녔다. 그럴 때마다 그곳에서 요양보호사 선생님들을 만났고, 간호사 선생님과 많은 대화를 나누었다. 엄마의 상태는 나날이 심각해졌다. 콧줄로 경관식을 드셨고, 약의 종류도 갈수록 많아졌고, 팔다리는 내 손목만큼 가늘어졌다.

엄마의 부음을 듣기 바로 전날 밤, 그날은 밤늦게 잡혀 있던 과외 일정이 취소되는 바람에 밤 10시가 넘어서 요양원으로 면회를 갔다. 거의 매일 면회를 다니다시피 했던 터라 요양원에서도 나의 늦은 방문을 허락해주었다.

"엄마, 사랑해. 엄마 딸로 태어나서 행복했어. 다음 생에도 엄마 딸로 태어날게."

엄마의 귀에 대고 낮은 목소리로 속삭였다. 엄마에게서는 아무런 반응도 없었다. 나는 엄마의 손을 꼭 잡은 채로 엄마의 귀에 대고 현철과 주현미의 노래를 몇 소절 불러드렸다.

"엄마, 내일 올게."

가을 달빛이 유난히 내 발밑으로 쏟아져내렸고, 나는 알 수 없는 예감에 다리에 힘이 풀렸다. 요양원에서 우리집까지 걸어서 십 분도 안 걸리는 그 거리를 걷는 내내 나를 감쌌던 불안한 예감은 그렇게 현실이 되었던 것이다. 하지만 그때만 해도 내가 요양보호사가 되리라고는 꿈에도 상상하지 못했다.

2016년부터 과외 학생 수가 눈에 띄게 줄기 시작했다. 학생 수도 줄었으려니와 선생으로서 내 나이도 걸림돌이 되었다. 나

돌봄이 아니라 인생을 배우는 중입니다

이 들어서 할 수 있는 일들이 그리 많지는 않지만, 요양보호사라는 직업은 체력적으로 내게 불가능한 일이라고 생각했다. 엄마를 돌보는 데도 힘에 부쳤던 내가 감히 넘볼 수 없는 일이라고 생각했다. 하지만 엄마를 요양원에서 모셨던 그 일 년의 인연이 한편으로는 나를 그쪽으로 자꾸 끌어당기는 듯했다. 아마도 엄마에 대한 그리움과 엄마를 잘 돌보지 못했다는 자책감을 어르신을 모시는 일로 보상받고 싶었는지 모른다. 그러던 차에 나는 요양원 위생원으로 취업을 했다.

요양원은 빨래를 외부로 내보내거나 의무적으로 위생원을 채용해서 어르신들의 빨래를 하게 되어 있다. 나는 요양보호사 대신 요양원 위생원이 되어보기로 한 것이다. 그렇게 처음엔 위생원으로 '요양원'이 어떤 곳인지 맛을 보게 되었다. 하지만 처음 하는 '육체노동'이 체력적으로 무척 버거웠다. 게다가 '자격증'을 가진 요양보호사들이 '자격증'도 없이 '허드렛일'이나 하는 위생원을 무시하는 게 자존심 상했다. 나는 삼 개월 만에 위생원을 그만두었고, 요양보호사들이 그렇게도 강조하는 그 '자격증'이란 것을 따게 되었다.

자격증은 어렵지 않게 땄지만, 자격증을 들고서도 나는 어디로 취업을 해야 할지 막연하기만 했다. 무조건 이력서와 자격증 사본을 들고 여기저기 면접을 보러 다녔다. 이십일 년 동안 과외 선생으로 살아온 내가 조직의 특성을 이해하고 적응하는 일은 참으로 낯설고 생소한 경험이었다. 다섯 번의 면접을 보았지만 나를 채용하겠다는 곳은 단 한 곳. 그곳은 어르신들이 침대가 아닌 온돌방에서 생활하시는 곳이었다. 요양보호사 교육을 받을 때 온돌방에 누워계신 어르신들을 돌보는 일이 몇 배 힘들다고 들었던 터라 초보인 나로서는 선택할 엄두가 나지 않아서 그나마도 사양했다.

오라는 데는 없고, 날씨는 추운 12월의 끝자락. 나는 목적도 없이 천천히 걷기 시작했다. 그러다가 한 빌딩 앞에 걸린 요양원 간판이 눈에 들어왔다. 그 간판에 적힌 전화번호로 무작정 전화를 걸었다.

"혹시 요양보호사 구하시나요?"

이제 요양보호사 삼 년. 그곳에서 나는 고되고 고된 초보 요양보호사 시절을 보내고 지금은 준고참으로 자리매김하게 되었다. 보호자로서 경험했던 요양원, 요양보호사로서 근무하는 요양원. 그곳에서 생의 마지막을 보내면서 기적 같은 하루하루를 살아가는 어르신들, 그 어르신들의 기적을 조석으로 마주하면서 함께 아름다운 마무리를 위해 애쓰는, 그럼에도 아직 사회적 인지도가 낮은 요양보호사. 이미 고령사회로 접어든 우리 사회에

돌봄이 아니라 인생을 배우는 중입니다

반드시 있어야만 하는 필수인력으로서 나는 그곳에 있다.

좋든 싫든, 원하든 원치 않든 고령사회에서 우리의 노년은 돌봄이 필요하다. 이러한 시대를 살아가는 우리는 요양원이 어떤 곳인지, 요양보호사들은 어떤 업무를 하는지 알아둘 필요가 있다. 또한 우리는 종종 영화나 드라마를 통해서 요양원을 간접 경험하기도 하지만, 그 안에서 생활하시는 어르신들의 일상은 어떤지 우리는 제대로 알려고 하지 않는 것 같다.

한 언론사는 노인요양원의 실체를 취재하기 위해 기자가 직접 한 요양원의 자원활동가로 보름 동안 활동하면서 취재한 내용을 체험르포 형식으로 게재하며 "존엄을 빼앗긴 황혼"[*]이란 제목을 달았다. 이 기사에서 어르신들의 수발을 들었던 기자는 요양원의 어르신들을 '수용소에 갇힌 노인들'이라고 표현했다. 보는 각도에 따라서 일정 부분 맞는 이야기일 수도 있다.

하지만 나는 묻고 싶다. 치매 걸린 노인들을 집에서 돌보는 것은 존엄을 지켜주는 일인가? 노인의 존엄을, 치매나 기타 노환으로 인해 하루를 기적처럼 살아가는 그들의 존엄을 지킨다는 것은 어떤 의미일까? 어쩌면 현장에서 어르신들과 살을 부대끼는 요양보호사들이 가장 자주 던지는 질문이 이것일지도 모

[*]이정국 기자, 2013년 4월 22일자 《한겨레》 사회면 노인요양원 체험르포 표제

른다. 하지만 외면함으로써 편하기보다 직접 들여다봄으로써 이해하는 편이 힘들지만 더 의미 있는 일이라 믿는다.

나는 어르신들 곁에서 요양보호사로 꼬박 삼 년을 함께했다. 그렇게 함께한 요양보호사의 눈으로 어르신들의 삶을 재조명하고 싶었다. 그분들이 보내는 하루하루를 있는 그대로 기록하고, 그 가운데서 삶의 의미와 존엄을 찾고 싶었다. 그러기 위해 잠을 줄여가며 관련 서적을 읽었고, 짬짬이 어르신들의 하루하루를 기록했다. 더불어 되물었다. 어르신들의 삶의 마지막 장을 어떻게 돌보는 것이 옳은지, 또 그러한 일을 업으로 살아가는 우리에게 필요한 것은 무엇인지를. 하는 일의 가치에 비하면 제대로 인정받지 못하는 이 땅의 요양보호사들이 구체적으로 어떤 일을 하며 어떤 처우를 받고 있는지도 고스란히 보여주고 싶었다. 마지막으로 우리 사회에서 자신을 낳아주고 길러주신 부모님의 마지막을 맞이하는 자녀들, 어느새 부모의 보호자가 된 그들이 알아둬야 할 일들을 귀띔해주고 싶었다.

이 글을 쓰는 일이 처음에는 매력적으로 다가왔다. 그 어느 때보다 의욕도 활활 타올랐다. 하지만 글을 쓸수록 나의 경험에서 길어올린 생각이 혹여라도 누군가에게는 불편한 진실이 될 수도 있고, 또 다른 누군가에게는 직업적 비하 혹은 폄훼가 될 수도 있겠다는 데 생각이 미치자 한동안 글을 써나갈 수 없었다. 그럼에도 불구하고 나는 '고령사회'에 접어든 우리 현실에서 요양원에서의 삶과 그 삶이 빚어내는 쓰고도 단 이야기들이 수많은 사람들에게 위로가 되리라 믿는다. 더러는 꼭 필요한 정보가 되어 고민의 시간을 줄일 수도 있다고 믿는다.

이 글에 등장하는 모든 분들의 호칭은 가상의 것이나, 그분들의 이야기는 사실 그대로이다. 또한 여기에 등장하는 에피소드는 지어낸 것이 아니라 경험한 것이다. 요양보호사로 아름다운 삶의 마무리를 거둘 수 있도록 기회를 주신 원장님, 부족한 저를 다독여주며 지금까지 함께해준 요양보호사 선생님들 그리고 생생한 글감을 내 손안에 쥐어준 사랑하는 나의 어르신들에게 정말로 감사의 인사를 드린다.

"고맙습니다. 앞으로도 최선을 다하겠습니다."

또한 이 글의 씨앗을 틔우게 해준 김경현에게도 감사의 마음을 전한다. 끝으로 젊은 독자로서 엄마의 원고를 읽고 느낌을 전해준 아들, 묵묵히 내 곁을 지켜준 남편과 나의 문우 염민숙과 이예은에게도 사랑의 마음을 전하고 싶다.

2020년 11월
전계숙

차례

3부 이별을 준비하는 우리의 자세

나가는 말

1부

이것은 왜
인생이 아니란 말인가

나의 사랑스러운, 가끔은 야속하기도 한 어르신들이 내게
보여준 기적은 어쩌면 앞으로도 자주 일어날 수 있을 테다.
당신들의 하루는 기적과도 같으니까. 어쩌면 우리가 살아
내는 하루하루가 모두 기적일 수도 있으니까. 우리는 기적
같은 하루를 함께 살고 있는 것이다.

나를 잊지 말아요

♥♥♥♥

"잊어야 하기에 가슴은 아파도

미련 없이 잊을래요.

사랑도 주고 눈물도 주고….."

주현미의 절절한 노래 〈첫정〉은 이렇게 시작한다. 현실의 다짐과는 달리 야속하게 떠난 사람을 잊지 못해 이러지도 저러지도 못 하는 것이 '첫정' 때문이라는 노래. 그만큼 첫정이 중요하다는 말이겠다. 이 얼마나 직설적인가? 그렇게 직진한 이 노랫말은 또 얼마나 듣는 이의 가슴을 후벼 파는가? 유행가 가사에서 인생을 배우게 되는 까닭이다.

내가 요양보호사로 일하면서 잊지 못할 사람, 바로 그 첫정의 주인공은 정자 어르신, 그분은 와상환자였다. 말씀은 하시되 말소리가 너무 작고, 발음도 불분명했다. 하지만 자신의 의사 표시만큼은 정확한 분이었다. 요양원에 계신 분들 가운데 드물게 표준어를 쓰시는 분이기도 했다. 내가 그분에게 첫정을 느낀 건 아주 원초적 이유 때문이다. 일이 낯선 그곳에서 나를 '이쁜아'라고 불러준 것이다. 이 얼마나 고맙고도 황송한 호칭인가! 물론 내가 진짜로 예뻐서가 아니라는 사실은 얼마 지나지 않아서 알게 되었다.

하지만 당신의 요구를 잘 들어줄 사람으로 삼을 요량으로 나를 '이쁜아'라고 불렀다는 사실을 알고 나서도, 나는 그분에 대한 애정을 거둘 수 없었다. 내 모습이 어떠하든 나를 '이쁜아'라고 불러준 순간, 나는 어르신에게로 가서 바로 꽃이 되었기 때문이다. 바로 그 첫정 때문에…. 거기에 보태 그 빈말이 내 안에 깊이 묵혀둔 상처를 낫게 해준 따뜻한 말이기 때문이기도 하다. 사춘기 때부터 쌓인 상처는 다름 아닌 외모 콤플렉스였다.

나는 두상이 크다. 학창시절 큰 얼굴을 조금이라도 작게 보이려고 단발머리로 얼굴의 삼분의 일을 가려도 보았다. 하지만 '가분수', '호박'이라는 별명을 달고 살았다. 고등학교에 다닐 때는 벙거지모자를 썼는데, 당시에는 XXL 사이즈가 없어서 그보다 작은 XL 사이즈를 썼었다. 그런데도 모자가 머리에 맞지 않

돌봄이 아니라 인생을 배우는 중입니다

았다. 아침 등교 시에는 생활부장 선생님에게 지적당하지 않으려고, 모자를 머리에 살짝 얹고 들어가곤 했는데, 바람이라도 심하게 부는 날이면 머리 위에 얹은 모자가 맥없이 날아가곤 했다. 피부는 하얀 편이었지만 얼굴에 붉은 기가 돌고, 특히 코 부분은 날씨가 춥거나 더우면 금세 불그죽죽해졌다. 사춘기의 나에겐 그것 또한 커다란 열등감이었다. 어느 날 나는 붉은 피부를 감추고 싶어서 코 주변에 파운데이션을 살짝 바르고 등교했다. 학교가 파하고 경사로를 따라 많은 학생들이 내려올 때였다. 생활부장 선생님이 나를 불러세웠다.

"너, 화장했지?"

"아, 아, 아닌데요."

"그래? 아니라고?"

선생님은 경비실에 있던 화장지를 들고 나와 내 얼굴을 쓱 문질렀다. 파운데이션이 묻어난 화장지와 내 얼굴을 번갈아 노려보더니 그 많은 학생들 앞에서 따귀를 올려붙였다. 손자국이 난 뺨의 얼얼한 통증보다 나를 쳐다보는 수많은 시선들이 더 견딜 수 없었다. 그런 식으로 굳어진 나의 외모 콤플렉스로 사춘기 시절을 더 음울하게 만들었고, 그 이후로 나는 내 외모에 대해서 자존감을 잃고 살게 되었다. 그런 나를 어떤 어르신이 상냥한 말투로 불렀던 것이다. '이쁜아'라고!

어르신은 치아가 좋지 않아서 음식을 씹기 힘들어하셨다. 어르신의 딸은 어머니가 좋아하는 밑반찬을 자주 만들어서 오곤 했는데, 그때마다 나를 불러서 속삭이셨다. "이쁜아, 이거 너 가져다 먹어." 그 말에 "어르신 드셔야지요."라고 사양하면, "내가 멸치를 어떻게 씹니?" 하고 곱게 눈을 흘기면서 반찬통을 내게 안기셨다.

이런 일들이 곡해되어 다른 요양보호사들에게 '어르신 반찬을 마구 가져다 먹는 개념 없는 사람'으로 오해를 사기도 했다. 심지어 팀장은 날 보고 "비위가 참 좋네." 하면서 비아냥거리기도 했다. 여기서 꼭 짚고 넘어가고 싶은 것이 있다. 모두가 그런 것은 아니지만, 몇몇 요양보호사들은 어르신에 속한 모든 것이 불결하다고 여기는 경향이 있다. 어르신의 딸이 해온 반찬을 비위가 좋아서 먹는다는 발상이 그런 유형이다. 참으로 안타깝다. 어르신에게 사적으로 어떤 것도 받아서는 안 된다는 규칙이 있겠지만, 예외 없는 규칙이 어디 있을까. 사람의 손길에 기대어 사는 공간에서 사람끼리 나누는 정을 인정 없는 규칙으로 완전히 가로막는 것이 진정 바람직한지 나는 확신이 서지 않는다. 하여 나는 맛있게 먹고 난 후 빈 통을 깨끗이 씻어 돌려드리면서 어르신에게 속삭였다.

"따님이 어쩜 그리 음식을 잘해요! 멸치볶음에 청양고추를 넣

돌봄이 아니라 인생을 배우는 중입니다

은 게 너무 맛있어요."

"날 닮아서 그래."

정자 어르신이 쓰러지신 건 남편과 아들의 연이은 죽음 때문이었다. 혼자 남은 딸과 사위가 어르신을 요양원에 모시게 되었다. 그때 이미 어르신의 몸 상태가 좋지 않았지만, 삶에 대한 의욕도 많이 떨어져 있었다. 그도 그럴 것이 체중이 상당히 많이 나가다 보니 몸을 마음대로 움직이기도 힘들고, 나중에는 손가락 하나도 마음대로 움직일 수 없었다. 그로 인해 다른 어르신들처럼 정자 어르신도 복용하시는 약이 상당히 많았다. 하지만 통증이 찾아오면 여전히 '사리돈'이나 '펜잘' 등 진통제를 자주 찾았다. 밤에도 수시로 체위를 바꾸어 달라고 요구하셨다.

나중에는 식사도 앉아서 못 드실 정도여서, 비스듬히 누워서 미음을 흘려 넣는 방식을 취해야 했다. 그마저도 아주 소량만 드실 수 있었다. 비대했던 몸은 하루가 다르게 야위어 갔다. 호출벨을 누를 힘이 없어서 주로 이름을 불렀다. 그 이름이 '이쁜아'였다. 아주 작아서 잘 들리지 않았지만, 깊은 밤 어디선가 나직이 "이쁜아, 이쁜아." 하고 부르는 소리를 나는 들을 수 있었다. '이쁜이'라는데, 달려가지 않을 이유가 있겠는가?

"서랍에서 펜잘 하나만 줘."

"빈속에 약만 드시면 어떻게 해요."

"괜찮아. 나는 이미 늦었어."

"뭐가 늦어요. 아직 십 년은 더 사시겠는데…."

피식, 웃는 창백한 얼굴 위로 쓸쓸함이 지나간다. 나는 진통제를 한 알 꺼내서 입에 넣어 드리고, 어르신의 입안에 물을 흘려 넣었다.

"이쁜아, 그 밑에 열어봐. 거기 음료수 몇 개 있지? 그거 나누어 먹어."

"여기 두었다가 내일 간식으로 드세요."

"나는 이제 삼키기도 힘든데, 어떻게 먹냐. 이쁜이 너 먹어."

"그럼 어르신, 콧줄은 생각 안 해보셨어요?"

"딸이 하자고 했는데, 나는 그렇게까지 해서 살고 싶지 않아…. 지금도 여기저기 너무 아픈데, 그거 끼워서 뭐 하게…."

나는 어르신의 가슴에 내 얼굴을 파묻었다. 두 팔로 어르신을 안아드렸다. 나도 안다. 콧줄로 생명을 조금 더 연명하는 것이 무슨 의미가 있겠는가. 정자 어르신의 선택을 이해 못하는 건 아니지만, 그래도 가슴이 저렸다.

"그래도 어르신이 죽는 건 싫어요."

나도 모르게 튀어나온 말. 이내 눈물이 터졌다.

"이쁜아, 그동안 잘해줘서…. 정말… 고마웠어…."

돌봄이 아니라 인생을 배우는 중입니다

"저도 어르신이 안 이쁜 저를 이쁜이라고 불러줘서 좋았어요."

"자네가 왜 안 이뻐…. 내 눈엔 정말… 이쁘구만…."

"어르신은 저의 첫정이에요. 제가 요양원에 처음 취업해서 뵙게 된 어르신들 가운데 가장 정이 많이 가는 분, 아세요?"

"그래? … 정말 고맙네."

그로부터 얼마 뒤 어르신은 더 이상 이쁜이를 부를 힘마저 없어지셨다. 나도 그 방에 들어가서 어르신의 얼굴을 바라보는 것이 힘들어서 일부러 자주 가지 않았다. 아주 조용한 밤이 되면 살그머니 다가가서 파리하고 여윈 어르신의 얼굴을 쳐다보곤 했다.

나를 꽃으로 만들어준 정자 어르신은 이제 더 이상 이 세상에 안 계신다.

단 한 번의 기도

예부터 부모님들은 "열 손가락 깨물어 안 아픈 손가락 없다."
고 하셨다. 여러 자식을 두어도 모두에게 애틋한 사랑을 주셨다
는 뜻이겠다. 어르신을 돌보는 요양보호사에게도 모든 어르신에
게 똑같은 크기의 사랑으로 돌봐야 한다는 강박이 있다. 하지만
현실에서는 만만찮은 일이다. 노력은 하고 있으나 솔직히 그게
가능할지 확신은 없다. 그런 경지는 신만이 오를 수 있는 게 아
닐까.

내게도 유독 정이 가는 어르신이 한 분 계셨다. 처음엔 저 충
청남도 깡촌이 고향인 남편과 동향이어서 더 마음이 쓰였던 것
같다. 출발은 그랬지만 어르신의 성품이 순박하기 이를 데 없고,
비록 치매에 걸렸어도 심성 자체가 선하시고 매사에 긍정적인

돌봄이 아니라 인생을 배우는 중입니다

태도가 나의 마음을 움직였다. 그분에게는 결혼하지 않은 아들들이 있었는데, 모두 효자였다. 형편은 넉넉지 않아도 어머니에게 전화도 자주 드리고, 간식거리도 떨어지지 않게끔 사다 드렸다. 뿐만 아니라 요양보호사에게도 깍듯하여 요양원의 모든 직원들도 이분들에게 호의적이었다.

신심이 깊었던 그 어르신은 예배 시간에 가끔 대표 기도를 하시는데, 겨우 당신 이름 정도만 쓸 줄 아시는 분이 기도만큼은 유식한 단어를 섞고 적절히 감정을 담아서 듣는 사람에게서 감동을 이끌어내는 능력을 지니셨다. 요양원에 근무하는 요양보호사들 모두가 기독교인이 아니어도, 그분의 기도 소리를 듣고 있으면 마음에 묘한 안정감이 깃들고, 시나브로 숙연해지기까지 했다.

한날은 어르신과 대화를 이끌어내기 위해 어르신의 며느리가 되고 싶노라고 말했다. 셋째 아들이 그중 잘 생겼으니, 셋째 아드님과 결혼을 하겠다고 말이다.

"안 되는 일이지. 첫째부텀 결혼하는 것이 법도여."

"첫째 아드님이 몇 살이지요?"

"글씨, 한 오십 되았나?"

첫째 아들은 아마도 예순이 넘었을 것이다.

"그란디 선상님, 이런 디서 일하는 사람 중에 결혼 안 한 사람도 이씨유?"

어르신의 눈에도 요양보호사들은 전부 나이가 들어 보였던 모양이다.

"어머님, 저 이제 마흔다섯이에요."

물론 내 나이는 이제 막 오십 대를 지나 육십 대로 접어들고 있었다.

그 후 나는 그 어르신을 '어머님'으로 바꿔 불렀다. 어머님은 혼자서 걷지는 못해도 잡아 드리면 조금씩 발걸음을 떼는 정도 여서 휠체어를 타고 자주 거실로 나오셨다. 그날도 거실로 나오 신 어머님은 텔레비전을 보다가 다짜고짜 나에게 질문 세례를 퍼부으셨다.

"근디유, 선상님은 참말로 우리 큰아들과 결혼할 생각이 있는 겨?"

"그럼요, 어머님. 그러니까 어머님은 제 패물을 준비하셔야 해요."

"그래야지. 근디 참말로 결혼 안 해씨유?"

"그렇다니까요, 왜 절 못 믿으세요."

"그럼 한번 보여줘 봐유. 처년지 아닌지."

"어딜 보여줘요, 어머님."

"젖."

앗~! 나는 어머님의 기발한 발상에 밀릴 상황이었다.

"어머님은 젖을 보면 결혼했는지 안 했는지 알 수 있으세요?"

"암, 알고말고."

"그런데 어쩌죠? 저는 젖을 보여줘 가면서까지 결혼하고 싶은 마음은 없어요. 그러니까 결혼 이야기는 없었던 걸로 해요. 어머님한테 손자 하나 낳아 드리려고 했더니, 틀렸네요."

우리의 어머님은 대략 난감한 얼굴로 심각한 고민에 빠지셨다. 아마도 '손자'라는 말이 어머님의 마음을 흔든 모양이다.

"그럼유 없었던 걸로 하지 말고, 우리 아들과 의논해서 결혼해유."

그렇게 해서 나는 가슴을 보여주지 않고 결혼하는 것으로 잠정 합의를 보았다. 그런 연유로 어머님이 계시는 방에 들어가면 다른 세 분의 어르신들도 나를 어머님의 며느리로 여기게 되었다. 원주 어르신이 물으셨다.

"코로나 때문에 결혼식 할 수 있어요?"

"그래서 결혼식 날짜 미뤘어요."

"신혼여행은 어디로 가요?"

"하와이요."

나는 막 던졌다.

"아이고 돈 많이 벌었나 보네."

"그럼요, 둘이서 버는데."

"결혼할 때 꼭 가지고 가야 하는 게 있어요. 요강하고 세숫대야. 그런데 가마 타고 가요?"

옆에서 그 이야기를 듣고 있던 우리의 부안 어르신이 한마디 거드셨다.

"아 요즘 세상에 무신 가마를 타고 결혼을 해. 멀면 버스 타고 해야지."

아이고, '무슨 가마를 타고'까지 들었을 때는 부안 어르신의 인지를 믿었건만. 그런데 예기치 않았던 한 방이 훅 들어왔다.

"근데 무슨 띠예요? 신랑은 무슨 띠고, 색시는 무슨 띠인지 알아야 궁합을 보지."

원주 어르신의 한 방에 나는 잠시 말문이 막혔다. 나는 나오는 대로 막 던졌다.

"신랑은 쥐띠고 저는 소띠예요. 궁합이 맞을까요?"

"털 가진 짐승끼리 만나면 잘 산대요. 쥐도 털이 있고, 소도 털이 있잖아요."

막 던지던 나는 '자축인묘…'조차 따져보지 않고 다시 던졌다.

"어르신, 털 없는 짐승 띠가 어디 있어요."

그때까지 내가 이긴 줄 알았다. 원주 어르신이 지지 않고 답하셨다.

돌봄이 아니라 인생을 배우는 중입니다

"뱀띠요. 뱀이 털이 어디 있어요."

후욱, 졌다. 그런데 연타석 홈런이 옆에서 터졌다.

"아, 용도 털이 없잖유?"

그런 우리 어머님에게 변이 생기고 말았다. 담석증, 신장에 담석이 생겨서 입원을 하시게 되었다. 나는 마음이 편치 않았다. 같이 일하는 요양보호사에게 함께 면회를 가자고 했더니 흔쾌히 따라나섰다. 6인실에 입원 중이던 어머님을 뵙자니 너무 반가웠다. 사복을 입은 내 모습이 낯선지 처음에는 잘 몰라보시는 듯했다.

"어머님, 저 며느리잖아요."

"알아유, 근디 그 먼 디서 어째 여기까지 와씨유. 고맙게도."

이런저런 이야기를 나누다가 한참 시간이 흘렀다. 바로 옆 침대에서는 신도들이 병문안을 와서 기도를 하고 있었다. 금식 중이어서 사 들고 간 간식을 수술 후에 드시라 하고 냉장고에 넣어 드리고 막 일어서려는 순간, 어머님이 나를 부르셨다.

"이봐유, 부탁이 하나 있는….."

단 한 번도 내게 반말을 한 적이 없는 어머님, 잘도 속아주시는 착한 어머님, 면회 온 것에 감격해서 잡은 손을 놓아주지 않는 우리 어머님이 나에게 부탁이 있으시다고 했다. 당연히 들어드려야지, 하는 강한 의지가 솟구쳤다.

"쩌기, 기도 좀 해주고 가유. 나 수술 잘 받고 얼른 나으라고."

나는 십 대의 육 년 동안을 가톨릭재단에서 운영하는 중고등학교에 다녔다. 중학교 때는 교리 시간이 있었고, 당연히 시험도 보았다. 정오가 되면 다 같이 일어나서 '삼종기도'를 드렸다. 고등학교에 올라가자 교리 시간은 없어졌지만, 일 년에 단 한 번 전교생이 모여서 미사를 보았다. 바로 예비고사를 보기 일주일 전. 나는 그때 미사에 참석하지 않았다. 나중에 담임선생님이 미사에 빠진 단 한 사람, 나를 호출해서 야단을 치셨다. 나는 내 의견을 말씀드렸다.

"선생님, 고3 전원이 다 예비고사 잘 보게 해달라고 기도 드리면 하느님이 누구의 기도를 들어주시겠어요. 다 자기 실력껏 시험 보면 될 텐데, 뭐 하러 다 같이, 다 같은 목적으로 기도를 해요."

나는 그 후 성당에 다녔고, 세례도 받았다. 하지만 단 한 번도 나를 위해 기도한 적이 없다. 제 복만을 비는 '기복신앙'에 대한 거부감 때문이다. 다행히 가톨릭교회의 의례에는 개신교회와 달리 개인의 기도보다는 미사 절차에 따른 기도와 찬송이 주를 이루고 있어서 개인적으로 내 소망에 대한 기도를 하지 않아서 좋았다. 그런데 이런 나에게 공개적인 장소(입원실)에서 소리 내어 기도를 해 달라니! 어머님의 이 간절한 부탁은 틀림없이 신이 나를 시험에 들게 하려는 것일 터였다.

　함께 문병 간 동료 역시 교회에 다니지 않는 사람이어서 나에게 기도하라고 옆구리를 찔렀다. 일단 나는 어머님의 손을 두 손으로 꼭 잡았다. 그리고 마음을 경건히 하려고 노력했다. 어머님의 일생은 교회와 기도였으므로, 기도 받는 자세가 딱 나왔다. 나는 어디 가서도 '말 잘한다'는 소리를 듣는 편이긴 하지만, 암기된 기도문이 아닌 즉석 기도를, 소리 내어 한다는 것은 많은 용기가 필요한 일이었다. 더구나 듣는 사람이 최소 열두 명.

　"전능하신 하나님 아버지, 우리 ○○○ 권사님께서 내일 수술을 받으십니다. 하나님 아버지의 권능으로 우리 권사님의 수술이 잘 될 수 있도록 도와주시옵소서. 평생 하나님을 믿고 섬겼던 우리 권사님이 하루빨리 완쾌되어 건강한 몸으로 요양원에 돌아오실 수 있도록 도와주소서. 여기 계신 다른 환자분들도 모두 치료 잘 받고, 쾌차하시길 함께 기도드립니다. 예수님의 이름으로 기도를 드렸습니다. 아멘."

　아마 이런 정도의 기도였을 것이다. 어머님은 감격에 겨운 얼굴로 거듭거듭 고맙다고 하셨다. 나는 내 기도가 하늘에 닿기를 진심으로 바랐다. 이상하게 마음이 개운했다. 다행인 것은 '단 한 번의 기도'가 나를 위한 기도가 아니라 내가 사랑하는 어르신에 대한 기도였다는 것.

우리 어머님은 이제 나를 며느릿감으로 여기시지 않는다. 수술의 통증이 어머님의 기억을 빼앗아갔기 때문이다. 그래도 여전히 나는 어르신을 어머님이라고 부른다.

돌봄이 아니라 인생을 배우는 중입니다

치매를 몰고 오는
통증에 대하여

치료제가 아직 없는 질병에 아토피, 비염, 감기 등이 있다고 한다. 나는 전문 의료인이 아니라 의학 지식이 풍부하지는 않다. 하지만 내가 가진 상식으로 이해가 가지 않는 병증에 대해서는 이해가 될 때까지 캐묻고 되물어야 직성이 풀린다. 예전에 한 모임에서 이런 얘기를 들었다.

"나이가 들면 근력이 약해지고, 그러다 보면 넘어져서 골절이 되기 십상이지요. 그렇게 누워서 지내다 보면 치매가 오고, 그러다 돌아가시는 게 대부분의 노인들이 거치는 과정이라고 보면 됩니다. 우리 어머니 오 년을 모시면서 알게 된 사실입니다."

현직 대학교수인 그분은 자신이 막내임에도 모실 형제가 마땅치 않아서 오 년간 어머니 수발을 들었다고 했다. 그러면서 그 과정을 고스란히 겪고 돌아가시는 어머니를 지켜보았다고 한다. 내가 보기에도 효자임에 틀림이 없지만, 그의 말속에 묻어나는 것은 어머니에 대한 애틋함과 더불어 어머니를 수발하는 역할의 고됨이었다. 나는 이 이야기를 들으면서 '골절이 되어 누워 있으면 왜 치매가 오는지' 그 이유를 알 수 없었다. 의사들도 원인을 알 수 없는 치매가 아주 많다고 했지만, 와상인 상태가 왜 치매로 이어지는지 그 인과관계가 잘 이해되지 않았다.

요양원에 오신 지 삼 년쯤 되신 한 남자 어르신이 계셨다. 소변줄을 끼고 있었지만 천천히 걸어서 화장실에도 가고, 혼자서 세수와 양치질도 할 수 있는 상태였다. 뿐만 아니라 인지도 거의 정상에 가까웠다. 자녀들과 휴대폰으로 통화를 하고, 우리에게 사탕이나 일회용 커피 등을 나누어 주고, 프로그램에 나와서 자신과 고향이 같은 여자 어르신을 만나 담소도 나누셨다. 옆의 어르신들을 잘 챙기고, 옆 어르신의 보호자들과도 대화를 나누고, 몸이 불편하면 간호사에게 직접 이야기하는 등 거의 정상인과 다름없는 생활을 하셨다. 이미 완치되었지만 한때 전립선암을 앓았던 병력이 있어서 몇 개월에 한 번씩 대학병원 비뇨기과를 다니고 계셨고, 양쪽 무릎에 인공 관절 수술을 해서 걸음걸이가 느리다는 것을 빼면 일상생활을 하시는 데 무리가 없어 보이셨다.

하지만 모든 사람이 알아야 할 상식이 있다. 부인할 수 없는 진실, 즉 요양원에 오지 않아도 노인은 늙어가는 과정에 있으며 (우리도 마찬가지다), 시간이 흐를수록 몸 상태는 전보다 나아지지 않는다는 것. 그런데 대부분의 보호자들은 이 완벽한 진리에 대해서 모른 척하는 듯하다. 몇 달 만에 본 자신의 부모 얼굴이 왜 이리 말랐느냐, 피부가 왜 이리 거칠어졌느냐, 그 전엔 밥을 잘 드셨는데 왜 갑자기 밥량이 줄었느냐는 등의 질문들을 퍼붓는다.

어느 날 나를 호출하신 이 남자 어르신이 한 권의 책을 내밀었다. 겉으로 보아도 수십 년 전에 만들어진 듯 누렇게 색이 바랜 낡은 책은 온통 한자로 되어 있었다. 국문과를 나왔다고 해서 한자를 완벽하게 아는 것은 아니지만, 그 책이 어떤 성격의 책인지 정도는 대략 알 수 있었다.

"이 책이 우리 선대의 조상 중 한 분이 쓰신 건데 무슨 내용인지 알고 싶어. 그리고 혹시 이게 보존할 만한 가치가 있는지 좀 봐줘."

나는 책을 받아들고 나와서 인터넷 검색을 하고, 내 짧은 국어 실력을 바탕으로 추론해보았다. '김씨 집안의 어떤 분이 자신들의 업적을 글로 남겼고, 후손들에게 물려주기 위해서 쓴 책'

정도였다. 1800년대 후반에 쓰였기 때문에 국문학 또는 역사적 가치가 있어 보였다.

"어르신, 이거 진품명품에 내보내서 감정 한번 받아보세요. 혹시 알아요? 감정가가 일억 원이 넘어서 어르신 아드님과 따님에게 유산으로 물려주게 될지."

"그럼 놔두란 이야기지?"

"잘은 모르지만, 놔두시면 손자들대에 가서는 엄청난 가치가 생길지도 몰라요."

나는 정말 잘 모른다. 하지만 어르신에게 희망을 품게 해드리고 싶었다. 물려줄 게 하나도 없다고 생각하는 것보다는 낫지 않은가?

그런 어르신이 어느 날, 대학병원에 가서 진찰을 받고 소변줄을 빼도 괜찮다는 의사의 소견대로 소변줄을 빼고 오셨다. 소변줄을 낀 채로 지내는 게 참으로 불편했을 어르신은 아마도 소변줄을 빼고 나면 날아갈 듯 홀가분할 줄 아셨던 모양이다. 우리도 그랬으니까. 하지만 평소 소변량이 무척 많았던 분이 갑자기 기저귀로 바뀌자 예민한 성격에 소변의 촉감을 견디기 힘들어하셨다. 밤마다 다섯 번 이상 기저귀를 갈아야 했고, 일주일 넘게 잠을 못 주무시던 어르신은 병이 나고야 말았다. 결국 다시 병원에 가서 소변줄을 끼우고 오셨다.

"전 선생, 나 양치하러 가야 하니까, 일으켜줘."

새벽 2시 반에 양치를 하시겠다는 것을 시작으로, 은행알을 만졌더니 냄새가 나니까 손을 닦아야 한다고 우기시거나, 십 분 전에 내게 일회용 커피 세 개를 주고도 다시 커피를 건네시는 등 어르신의 인지는 놀라울 정도로 빠르게 허물어져 갔다.

아, 이렇게 치매가 오는구나. 잠을 못 자고, 통증을 호소하고, 겨우 일주일인데, 어르신들의 뇌는 이렇게 취약하구나.

한 여자 어르신은 전직 전도사였다. 신학대학을 나와서 전도사 생활을 했기 때문에 88세의 고령임에도 누워서 포켓용 성경책을 읽을 정도로 총기가 있으셨다. 나는 늘 그렇듯이 고향을 물었다. 아이고머나, 내 엄마와 같은 황해도 신천! 나는 어르신을 가볍게 안았다. 내 엄마보다 한 살 아래의 내 엄마와 같은 중학교를 나오신 분. 어르신 역시 나를 무척 반가워하셨다. 고향 사람의 딸이라는 이유만으로. 이북이 고향인 사람을 만나기도 흔치 않은데, 더구나 같은 지역의 학교 선후배라니, 나는 이곳에서 일하게 된 것이 예정된 일이었나 싶을 정도였다.

어르신의 언어는 독특했다. 자기감정을 애둘러 표현하는 완곡어법을 쓰지 않으셨다.

"나, 당신 참 좋아."

어르신이 내게 이렇게 말씀하시자, 옆에 있던 신입 요양보호사가 한마디 거들었다.

"어르신 저는요? 저는 안 좋으세요?"

"물론 좋지. 그런데 이 사람은 느낌이 자네와 달라."

이 어르신에게 처음엔 소화불량 증세가 찾아왔다. 그러다가 설사를 하시고, 결국 병원에 가서 장염 진단을 받았다. 요양원에 다시 오신 후 영양제 링거로 버티시며 사흘 정도는 식사도 거의 못 하셨다. 소화가 덜 된 변이 나오고, 항문 주변은 잦은 설사로 인해 빨갛게 짓물렀다. 어르신은 심한 통증을 호소하셨다. 신체의 어떤 부위도 손을 못 대게 하셨다. '너무 아파, 너무 아파요'를 반복하셨다. 우리는 어르신이 그렇게 아파하셔도 어쩔 수 없이 기저귀를 갈아야만 했다. 나는 어르신의 방을 자주 들여다보는 일이 힘겨웠다. 그리고 얼마 후 어르신은 자신이 요양원에 언제 왔는지 모르겠다고 하셨다.

그제야 나는 대학교수의 어머니께서 골절과 와상을 거쳐 치매와 사망에 이르렀던 과정이 이해되었다. 어르신들에게 골절은 단순히 뼈가 부러지는 게 아니라, 뼈가 산산이 조각나는 일이 되고, 움직이면 안 되는 과정을 거쳐, 결국 치매로 이어지는 것이다. 통증, 우리 몸의 이상 신호. 젊어서는 그 이상 신호에 대처할

돌봄이 아니라 인생을 배우는 중입니다

만한 면역력이 있고, 면역력 때문에 견디고 움직이고 살아내는 것이다. 그러나 실낱같던 기억조차도 붙잡을 수 없을 만큼 모든 기력을 쏟아야 하는 통증과의 싸움에서, 기억은 그렇게 맥없이 무너지고 마는지도 몰랐다.

지금은 많이 회복되어 식사도 하시고, 움직임도 어느 정도 가능하시지만, 확실히 총기는 많이 사라지셨다. 어르신만의 독특한 언어를 다시 듣고 싶다.

"나 당신이 너무 좋아. 이곳에 와서 당신을 만난 게 정말 좋아. 그래서 이곳이 난 참 좋아."

치매에 규칙 따위는 없다

십삼 년 전 어느 날, 엄마는 매일 보다시피 하는 아파트 미화원 아주머니를 알아보지 못했다. 혹시나 싶어 나는 엄마에게 오징어 한 마리를 드리면서 내가 보는 앞에서 미화원 아주머니에게 오징어를 전해드리라고 했다. 엄마는 오징어를 들고 미화원 아주머니를 그냥 지나쳐서 다른 곳으로 하염없이 걸어가셨다.

나는 또 엄마에게 늘 다니던 약국에 가서 틀니세정액을 사오시라고 했다. 그런 뒤 나는 엄마의 뒤를 따르면서 엄마의 행동을 지켜보았다. 엄마는 횡단보도의 신호등이 초록색으로 바뀔 때까지 기다렸다가 횡단보도를 건너서 약국으로 들어가셨다. 일단 안심이 되었다. 나는 약국 안에서 엄마가 '틀니 닦는 약 주세요'라고 할 것이라 기대하며 문밖에서 기다렸다. 엄마는 약국 안 의

돌봄이 아니라 인생을 배우는 중입니다

자에 삼십 분 이상 멍하니 앉아 계셨다. 기다리던 끝에 약국으로 들어가서 엄마에게 물었다.

"엄마, 여기 뭐 사러 왔어?"

"몰라."

그 일이 있은 후 나는 엄마를 모시고 대학병원으로 치매 검사를 받으러 갔다. 엄마는 의사와 한 시간가량 상담을 했다. 그때 바로 뇌 MRI를 찍었더라면 엄마가 혈관성치매, 일종의 중풍이라는 것을 좀 더 빨리 알았을지도 모른다. 그 사실을 좀 더 빨리 안다고 해서 달라질 것은 없지만, 나중에 줄줄이 이어지는 증세 때문에 당황하고, 또 그것을 감당하느라 이리저리 헤매는 시간은 줄였을지도 모른다.

상담을 마친 후 의사가 나를 불렀다. 엄마에게 '오늘 아침 반찬이 무엇이었느냐'고 물으니 고사리와 미역국을 꼽았다고 하셨단다. 그래서 '오늘이 누구 생일이냐'고 물으니 아니라고 답하셨다는 것이다. 그럼 '밖에 있는 딸이 회사에 다니느냐'고 물으니까, 역시 '아니오'라고 대답하셨다고 전해줬다. 엄마 손을 잡고 병원문을 나서면서 나는 절망감으로 주저앉아 울었다. 한참을 울고 난 뒤 엄마에게 물었다.

"엄마, 오늘이 무슨 날이야?"

"네 생일."

"그런데 왜 아까 선생님이 오늘이 누구 생일이냐고 물었을 때 아니라고 했어?"

"까먹었어."

"그리고 엄마, 나 과외 하잖아. 그럼 내가 직업이 있는 거잖아."

"너, 회사는 안 다니잖아."

내가 전문 의료인은 아니지만, 치매가 어떤 형태로 우리에게 다가오는지 알아두면 나처럼 직접 현실의 문제로 부딪칠 때 덜 황망스러울 듯하여 경험을 바탕으로 아는 대로 적어본다.

아주 큰 틀에서 보면 치매는 알츠하이머병, 혈관성치매, 파킨슨병 등으로 나눌 수 있다. 더 세분하는 것은 내 몫이 아니므로 여기서는 생략한다. 위에 든 세 가지 치매는 대체로 사람 얼굴을 구분하지 못하는 증세로부터 시작된다. 알츠하이머는 기억 장애—언어 장애—실행증—실인증—시공간 능력 장애—판단력 장애—감정 변화와 야간 착란 등으로 증세가 나타난다. 그리고 혈관성치매(엄밀히 말하면 뇌졸중, 즉 중풍과 같다)는 초기부터 편 마비—구음 장애—안면 마비—연하 곤란—편측 시력 상실—시야 장애—보행 장애—언어 장애—인지 기능 저하 등으로 증세가 전개된다. 이에 비해 파킨슨병은 손 떨림 등 운동 장애가 먼저 오

돌봄이 아니라 인생을 배우는 중입니다

- **기억 장애** 사물을 기억하거나 과거의 경험을 생각해내는 일이 어렵거나 아주 불가능한 상태
- **언어 장애** 말을 바르게 발음하지 못하거나 정확하게 이해하지 못하는 상태
- **실행증** 기본적인 의식 수준에 변화가 없고 운동 장애나 감각 장애가 없음에도 불구하고, 익숙하고 의도적인 행동을 실행하기 어려운 증상
- **실인증** 감각 이상, 지능 장애, 주의력 결핍, 실어증에 의한 이름 대기 장애 등이 없음에도 불구하고 자극을 인식하지 못하는 증상
- **시공간 능력 장애** 친숙한 환경에서 갑자기 길을 잃거나, 새로운 장소에 대한 학습이 되지 않거나, 친숙한 가족이나 친지의 얼굴을 알아보지 못하는 등의 증상
- **야간 착란** 밤이 되면 안절부절못하고 배회하며 공격적인 행동을 하는 증상
- **편(측) 마비** 편측(한쪽)의 상하지 또는 얼굴 부분의 근력 저하가 나타난 상태
- **구음 장애** 발성 기관에 생긴 기능 이상으로 말하기 어려운 상태
- **연하 곤란** 음식물이 구강에서 인두, 식도를 거쳐 위장관으로 보내지는 과정에 문제가 있는 상태

고 그 다음 인지 장애가 수반된다. 물론 모든 경우에 이러한 증세가 엄격한 순서에 따라 순차적으로 진행되지는 않는다.

　나의 엄마는 혈관성치매로 작은 혈관 여러 군데가 막히면서 쓰나미가 오듯이, 정말 정신을 차릴 수 없을 정도로 엄마의 몸과 마음을 휩쓸고 지나갔다. 만약 엄마의 고혈압과 콜레스테롤에 더 신경을 썼더라면, 엄마는 요양원에 가시지 않았을까? 우문인 줄 알면서 종종 그런 생각이 들곤 한다.

　요양원의 어르신들 서른여덟 분이 보이는 치매 양상은 위에 열거한 세 가지가 대부분이다. 아니 이분들 중 몇 분은 아주 가벼운 치매이거나 뇌질환으로 아직 인지 기능이 거의 정상에 가깝다. 그러나 분명한 한 가지, 치매에 규칙은 없다. 증세의 전개 순서가 다를 뿐 치매에 따르는 예측 가능한 증상은 없다고 보는 게 진실에 가깝다.

　일반적 치매 증상으로 꼽는 것은 보통 기억 상실, 언어 사용 문제, 성격의 변화, 지남력(시간, 장소, 환경 등을 정확히 파악하는 능력) 상실, 일상적인 과업 수행 곤란, 파괴적 행동 또는 부적절한 행동 등이라고 한다. 요양원에 입소하신 어르신들의 대부분이 이런 증상 때문에 집에서의 '돌봄'이 불가능하다.

치매 어르신들 대부분은 오래된 기억은 있는데, 금방 일어난 일―단기 기억―을 잊어버리신다. 진도가 고향인 어르신을 우리는 '고모'라고 부른다. 연유는 잘 모르지만, 그분의 기억 속에 모든 사람은 다 '고모'이고 그분에게 우리들도 '고모'인 셈이다.

나는 고모 앞에서 노래를 불렀다. "새가 날아든다. 온갖 잡새가 날아든다." 그 뒤의 가사는 어려운 고사성어가 여러 번 나와 고모는 뒷부분만 따라 부르셨다.

내가 선창으로 "이 산으로 가면" 하면 고모는 "쑥꾹쑥꾹" 하시고, 내가 "저 산으로 가면" 하면 고모는 "쑥쑥꾹쑥꾹" 하신다. 가사가 맞는지 모르겠지만, 고모는 그 노래를 알고 계셨다. 나는 마지막 부분을 정성스럽게 불렀다.

"좌우로 다녀 울음 우운다아~."

고모의 눈에서 눈물이 흘렀다. 나는 믿을 수 없어서 여쭤봤다.

"고모, 왜 우세요?"

"나는 이 노래만 들으면 눈물이 나."

아, 이 명대사를 나는 지금도 잊을 수가 없다. 자신의 딸마저 못 알아보는 90세의 고모는 노랫말에 눈물이 난다고 하셨다.

한 어르신이 나를 큰 소리로 부르셨다.

"물 좀 줘, 이년아."

이년은 얼른 물컵에 물을 따라드렸다. 목이 무척 마르셨는지 빨대의 물을 쭈욱 빨아서 많이 드셨다. 물을 드리고 나가려는데 항상 거친 욕만 하셨던 어르신이 특유의 느릿한 어조로 내게 물으셨다.

"아줌마, 집이 어디유?"

"어르신 저의 집이 어딘지 왜 물어보세요?"

"너무 고마워서 따라가려구."

목이 너무 말랐던 어르신은 평소 거친 욕설 대신 갈증을 해소해준 내게 욕 대신 자신의 욕망을 드러내셨다. 나를 따라가고 싶다고. 나는 감동해서 이렇게 말했다.

"어르신, 제가 사흘 쉬고 나오는데, 그동안 밥 많이 드시고, 잘 계셔야 해요."

"야 이년아, 니가 안 나오면 밥은 누가 주냐?"

이런 식의 대화가 오가는 중증 치매 어르신을 보고 있으면, 병원문을 나서며 흘렸던 나의 눈물이 떠오른다. 나는 엄마와 이런 대화를 해본 적이 있었나? 치매에 걸리면 그 순간부터 우리는 그 대상이 '인지와 대화 능력'을 상실한 걸로 간주한다. 나도 엄마가 치매에 걸린 것을 안 이후 엄마를 '엄마와 딸'의 관계에서 벗어나 '인지와 대화 능력을 상실한 사람'으로 취급했다.

백세 어르신은 일명 흥부자로 흥이 많으시다. 내가 노래를 부르면 휠체어에 앉아서 두 손으로 흔들흔들 장단을 맞추신다.

"앵두나무 우물가에 동네 처녀 바람났네."

이 노랫말에 흥부자 어르신은 뜻밖의 발언을 하셨다.

"어이구, 바람이나 났으면 좋겠다."

"어르신, 바람났으면 좋으시겠어요? 그럼 제가 소개할게요. 어떤 사람이 좋으세요?"

"이왕이면 젊은 놈이 좋지."

"그럼 저는 어떠세요?"

"넌 자지가 없잖아."

아이구야, 나는 넘어지도록 웃었다.

독실한 불자이신 한 어르신은 앞이 거의 안 보이신다. 정확한 통계를 확인할 수는 없으나 내가 사는 도시의 많은 요양원은 개신교 신자들이 운영한다. 하여 다른 종교를 가진 어르신들도 어쩔 수 없이 종교가 다른 요양원에 오시는 경우가 많다. 이 불자 어르신도 그 같은 경우다. 불자 어르신은 앞이 잘 안 보이기 때문에 누군가 곁에 오면 물으신다. "누구여?" 처음엔 "요양보호사예요." 하고 나를 밝혔지만, 시간이 지나면서 불자이신 어르신을 배려해서 "전 보살이에요."라고 대답하기 시작했다. 불교에서 여성 불자들을 부를 때 가장 흔히 쓰는 호칭이 '보살'이어서 그냥 그렇게 대답을 했다.

불자 어르신은 '부처님 오신 날'이 오기를 손꼽아 기다리셨다. 드디어 그분이 기다리고 기다리던 그날이 왔다.

"어르신, 오늘이 부처님 오신 날이에요."

나는 당연히 어르신의 '아이고, 고마워 전 보살'과 같은 대답을 기대했다.

"부처님이 어디 갔깐?"

이런 유머는 어디에도 없다. 이곳이 어디이고, 내가 누구인지는 몰라도 그분들은 상황 대화가 가능하다. 그래서 가능하면 그분들의 상황이 밝고 유쾌하게끔 만드는 것이 우리 요양보호사들의 역할이라고 생각한다.

대부분의 사람들은 치매에 걸린 부모님을 지켜보기 힘들다고 한다. 나도 역시 그랬다. 그 많은 치매의 증상을 지켜보고 있노라면 가슴이 무너져내리는 탓이리라. 그런데 자세히 관찰해보라. 치매의 증상 중 '부적절한 행동'도 그 행동을 하는 그분들에게는 타당한 이유가 있다.

어느 날 새벽, 엄마가 사라지셨다. 나는 깊이 잠이 든 탓에 엄마가 아파트 현관문을 열고 나가시는 줄도 몰랐다. 새벽 4시에 초인종이 요란하게 울렸다. 나가 보니 경비원 아저씨 곁에 재활용수거함에서 꺼낸 옷으로 아랫도리를 감싸고 선 엄마가 서 계셨다. 나는 기가 막혔다. 엄마가 집을 못 찾아서 이 집 저 집 초인종을 누르고 다니셨단다. 나는 너무 화가 나서 엄마의 등을 때리며 울었다. 지금 생각해보면 그때 내가 가장 먼저 했어야 할 행동은 엄마가 왜 그런 행동을 했는지 생각해보는 것이었다. 하지만 나는 엄마를 '인지와 언어 능력을 상실한 환자'로만 보았다. 엄마는 앞으로도 내가 감당하기 힘든 일을 시도 때도 없이 저지를 수 있는 환자라는 생각만 앞섰던 것이다.

내가 엄마의 행동을 이해하게 된 것은 요양원에 근무하면서부터였다. 그때부터 읽게 된 많은 책들을 통해서 치매 환자에 대한 이해도가 높아진 것도 한 몫을 했다.

이제 와 돌이켜보면 엄마는 기저귀 차는 게 몹시 싫으셨던 것 같다. 엄마의 깔끔함은 도를 넘은 적이 많았다. 이웃 사람이 놀러 와서 앉아 있어도 걸레질을 멈추지 않았고, 청소하는 범위도 남들보다 넓었다. 아파트 일 층 베란다 밖의 시멘트로 된 담벼락도 물로 닦곤 하셨다. 그랬던 엄마에게 오줌 싼 기저귀에서 나는 냄새는 참으로 견디기 힘든 고역이었을 것이다. 유난히 깔끔하고 자존심이 강했던 엄마에게 당신의 기저귀는 자존감을 훼손하는 상징이었던 셈이다. 아무리 치매에 걸렸어도 본성을 바꾸지는 못한다는 사실을 그때는 몰랐다. 엄마는 기저귀를 빼내서 밖에 내다버리면 당신에게 다시는 기저귀를 채우지 않으리라는 생각으로 그 새벽에 옷을 벗고 아파트 주변을 헤맸을 것이다. 재활용수거함에서 옷을 꺼내 아랫도리를 가렸던 엄마를 나는 그때 이해하려고 하지 않았다.

뒤늦은 깨달음이지만, 이제야 분명히 깨닫는다.

치매에 무슨 규칙이 있겠는가.

돌봄이 아니라 인생을 배우는 중입니다

밤을 걷는 그대들에게
띄우는 편지

♥♥♥

　요양원 방마다 불이 꺼지고, 한쪽 벽에 걸린 해바라기 모양의 희미한 수면등이 켜지면 방안 가득 따스한 주황색 빛들이 골고루 퍼집니다. 어떤 날은 새벽까지, 여명이 주황색 등불을 거둬낼 때까지, 아무도 깨지 않고 잠 속에 묻혀 있어요. 그런 날만 있다면 얼마나 좋을까요. 그러나 낮과 밤을 주관하는 그대들의 뇌가 아주 잠깐, 착각을 일으키기도 하죠. 어둠, 적막, 고요를 몰고 오는 먹빛의 밤이 그대들에게 다가가 말을 시키는 건 아닐까요.

　우리 엄마도 그러셨어요. 아파트 문에 열쇠를 세 개씩 채워놓아야 할 만큼 엄마의 밤은 분주했어요. 밖에 나가지 못하는 밤이면, 엄마는 요구르트와 초콜릿 그리고 엄마가 늘 사용하던 조미료 봉지를 들고 숨길 곳을 찾느라 분주했어요. 이불 사이, 냉장고 밑, 옷장에 걸린 주머니 속, 서랍의 맨 뒤쪽, 신발장 신발 속에서 엄마가 감추고 싶었던 물건들이 자꾸 나왔어요. 치매를 완벽하게 이해한다는 게 가능하다고 생각지 말아주세요. 십 년을 요양보호사로 살아도 어르신을 대하는 태도에는 완벽한 이해보다는 어설픈 대처가 깔려 있거든요.

엄마의 밤 배회를 그때의 나는 '화'로 풀었어요. '왜 밤에 나가느냐!'고 화를 내며 엄마에게 나가면 안 된다는 사실을 주지시키려 했어요. 치매에 걸리지 않은 우리의 상식으로 엄마를 주눅들게 만들고, 윽박지르고, 강압적으로 막고자 했어요. 사실 그모든 바탕에 깔린 건 '부정하고 싶음'이었을 거예요. 내 엄마가많이 배워서, 혹은 높은 지위에 있었기 때문에, 또는 머리가 총명해서가 아니에요. 이 모든 상황이 어느 날, 느닷없이, 통보도없이 저벅저벅 걸어들어온 불청객이기 때문이에요. 내 엄마는이 무례한 불청객과 함께 살기에는 턱없이 부족한 사회성 결여의 성격에다가, 근거 없는 자존심은 하늘을 찔렀고, 까칠하고 오만해서 누군가를 곁에 두지 않는 사람이었기 때문이에요. '부정'을 넘어 '인정하기 싫음'이 극명하게 나의 내면을 통제하고 있었어요.

그런데 엄마가 세 개의 열쇠를 풀고 밖에 나가서 배회하던 날새벽은 1월 중순의 어느 날이었어요. 옷을 잔뜩 껴입었지만, 이가 덜덜 떨릴 만큼 몹시 추운 날이었어요. 엄마는 한 시간가량 맨발로 아파트 이곳저곳을 배회하다가 늘 가던 정자 옆 나무 의자에 걸터앉아 계셨어요. 내가 엄마를 보았을 때, 엄마의 눈빛엔 두려움이 아니라 슬픔, 같은 게 보였어요. 나는 엄마의 맨발을 보는 순간, 가슴 저 밑바닥에서 이상한 통증 같은 게 올라오는 걸 느꼈어요. 명치 끝이 바늘로 찌르는 것처럼 따끔거리고, 목줄기를 타고 아릿하고 쌉싸름한 것들이 울컥울컥 올라오고 있었어요. 엄마의 차가운 발을 두 손으로 감싸면서, 나는 뜨거운 눈물을 엄마의 발등에 후두둑 떨어뜨렸어요. 나중에 알았어요. 그 새벽 아버지는 자신의 첫 번째 아내 곁에서 돌아가셨다는 것을.

이제는 알 것도 같아요. 그대들이 밤을 걷는 이유가 다 있다는 것을. 밤이기 때문에 걸어다니면 안 된다는 것은 우리가 만든 일방적 기준에 불과해요. 그대들의 뇌 속에서 걷고 싶다는 욕망이 튀어나오면 걸어야겠지요.

자신의 결혼 생활이나 자식과 손주에 대한 기억보다는 시집오기 전 동네 총각들에게 인기가 많았던 기억을 안고 사는 인기녀 어르신, 오늘 밤엔 집에 가야 한다는 욕망이 침대를 박차고 나오게 하셨나 봐요.

"나 집에 가 봐야겄어. 내가 지금 여기 있을 때가 아녀. 집에

가서 불 때서 밥 해야 혀. 나 좀 보내줘. 여기 잠깐만 있으면 된
다고 해서 왔는디, 왜 못 나가게 허냐구."

"어르신, 지금 버스가 끊겼어요. 낼 아침에 가시면 안 될까
요?"

"아녀, 나 길 알어. 걸어서 갈 수 있어."

군인 어르신은 한여름인데 겨울 패딩에 털모자를 쓰고, 바지
를 두 개나 껴입고, 휠체어에 앉으셨네요. 강원도 스키장에서 오
라고 하시나 봐요. 횡설수설하시더니 기어코 한말씀 하셨어요.

"모기가 많아서 안 되겠어. 내가 근무했던 5사단 GP보다 모
기가 더 많아. 안 되겠어."

"그럼 어디로 가시게요. 연천 5사단이요? 거기 지금 차 없어
서 못 가요."

우린 늘 궁색해요. 차가 없고, 버스가 끊기고, 어둡고, 비가 와
서….

"아니, 날 이곳에 데려다놓은 사람한테 가."

"그 사람이 누군지 아세요? 잘 모르시잖아요. 그러니까 오늘
은 그냥 주무세요."

"왜 못 가게 해? 5.18 때보다 더 한 곳이네. 가둬놓고, 못 가게
하고."

에고, 이분의 기억은 아직도 제대를 못한 모양입니다. 여전히 군 복무 시절 기억과 연결되어 있네요.

야식 어르신은 복도 난간을 잡고, 살금살금 나오셨네요. 밤만 되면 낮에 없던 식욕이 생겨서 간식거리를 찾으러 나오셨어요.

"전 선생, 어디 열무 냉면 맛있게 하는 집에 가서 같이 열무 냉면 먹을까?"

궁색한 대답들 중에서 한 가지를 다시 빼옵니다.

"지금은 밤이라서 가게 문을 닫았어요. 그러니까 내일 날이 밝으면 그때 가기로 해요."

하지만 야식 어르신의 식욕은 급상승 중이어서 이쯤에서 쉽게 포기하지는 않으시지요.

"그럼, 요 근처에 떡집 있지? 거기 가서 가래떡 몇 개만 사오면 안 될까?"

"…."

"아니면, 오징어채 잘게 쪼갠 거, 나 그거 먹고 싶어."

결국 새벽참에 먹을 요량으로 준비한 비스킷을 내어 드리면서 야식 어르신과 타협을 봅니다.

밤을 직접 걷는 그대들 말고도, 누워서 공중을 날아오르는 그대들의 발걸음은 우리가 버스로도, 비로도, 늦은 밤으로도 막을 수 없어요. 그대들은 희미한 어둠 속에서도 보이나 봐요.

"우리 아버지가 김해 김씨야. 당신은 어디 김씨여? 오메오메 일가를 찾았네."

그대의 성은 '정'씨잖아요. 혹, 그대의 남편 성을 본인의 성으로 착각하신 건 아닐까요. 이 밤에 일가를 찾은 기쁨에 양손을 흔들며 박수치는 그대. 일가를 찾은 그대는 이번엔 다른 곳을 향해 걷네요.

"오늘이 나흘이여? 그럼 제사 새벽에 지내야지. 아침 제사는 일찍 지낸께. 간단하지 뭐. 승수야, 일어 좀 나거라. 이불 저 방으로 얼른 치워야제."

새벽 제사가 그대를 자꾸 일으켜 세우네요. 그 고생스런 기억이 그런대로 괜찮았나 봐요. 이 밤에 그대를 불러내는 제사의 기억 속으로 기꺼이 걸어가시는 것을 보니.

"선생님, 우리 어머니가 오셨나 봐요. 저기 밖에서 내 이름을 자꾸 부르네요. 나가봐야겠어요."

그대의 어머니가 찾아오셨군요. 귀도 안 들리고, 움직이지도 못 하는 그대를 위해서 어머니가 직접 찾아오셨나 봐요. 잘 안 들리는 그대에게 귓속말로 그대 이름을 부르시나 보군요. 그대

돌봄이 아니라 인생을 배우는 중입니다

에게도 '엄마'가 있었고, 그 엄마를 부르던 그대가 있었던 짙은 기억이 이 밤에 찾아왔나 보군요. 그리고 그대는 튼튼한 다리로 성큼성큼 엄마 곁으로 걸어가겠군요. 엄마 품에 안겨 고달팠던 십오 년의 치매 생활을 하소연하시겠군요. 그대의 어머니는 그대를 품에 안고, "괜찮아, 괜찮아."를 연발하고요.

"얘들아, 이리 와봐라. 솥에 밥 안치고, 불 때고, 저 아래 내려가서 고기 큰 거 하나 작은 거 하나 사오고, 김치 있지. 김치 있지? 그 김치 숭숭 썰어놓고, 사람들 불러서 밥 먹여야지. 바닥에 비닐 쭉 깔아라."

102세의 그대여. 이젠 좀 쉬시지 않고요. 아직도 누군가를 먹이려고 이 밤에 불 때서 밥하는 기억 속으로 걸어가시네요. 그 기억 속에서 그대는 주로 시키는 쪽이었나 봐요. 전체 부엌일을 지휘하는 책임자? 그대의 목소리는 요양원의 밤을 쩌렁쩌렁 울리도록 크네요. 아랫사람들이 밥하라는 말을 안 듣고 잠만 자니까 이번에는 그대가 다르게 대처하네요.

"아줌마, 아줌마요. 거 아줌마 저 좀 보소. 내가 배가 고파요. 밥 좀 주이소."

잠시 조용한 걸 보니 102세의 그대가 부엌으로 걸어가서 밥을 드시나 봐요. 밥 한 사발에 김장 김치 한쪽을 쭈욱 찢어 입안 가득 밀어 넣으며 포만감에 행복해하던 기억 속으로 걸어가셨나 보네요.

밤을 걷는 그대들이여, 그대들이 살았던 삶에서 어떤 기억이 그대들을 이 깊은 밤에 불러내는지 모르지만, 밤을 걷는 동안만이라도 그대들이 행복하다면 정말 좋겠어요. 우리 엄마가 이승에서 남편이라고 부를 수 없었던 아버지가 떠나던 날, 혹시 알아요? 우리 아버지가 너무 미안해서 내 엄마를 새벽에 잠시 불러냈는지. 증명할 수 없다고 해서 그 일이 안 일어났다고 말할 수 없는 일들이 얼마나 많은데요. 아버지는 돌아가시기 일주일 전에 내게 전화하셨거든요. 아버지가 사는 동안 내게 전화하셨던 적이 단 한 번도 없었는데도 불구하고요.

"나다. 네 엄마는 좀 어떠니?"

아버지 곁에 있는 아내는 지병으로 귀가 잘 안 들리지만, 그렇다고 휴대폰도 아닌 집 전화로 첩의 안부를 묻는 아버지. 평생 원수로 살았던 큰엄마와 내 엄마. 나는 순간 당황했어요. 그리고 일주일 후 아버지는, 평소 지병이 없었던 아버지는 거짓말처럼 돌아가셨어요. 엄마의 안부를 물었다는 게 뭐겠어요. 아버지도 치매에 걸린 내 엄마가, 그 엄마를 책임지고 살아갈 내가, 걱정되셨던 거지요.

돌봄이 아니라 인생을 배우는 중입니다

이 밤, 고요한 밤이 되지 못해도, 그대들의 발걸음 소리에 소란스러운 밤이 되어도 괜찮아요. 그대를 찾아오는 손님, 기억들 속에서나마 잠시 행복하다면 밤을 걸어다닌다고 뭐 어떻겠어요? 지붕이 무너지겠어요, 마룻바닥에 금이 가겠어요. 우리 엄마처럼 수십 년 못 만났던 남자를 만나기라도 한다면 얼마나 마음 편한 일이 되겠어요. 그러니 밤을 걷는 그대들이여, 언제 적 기억이라도 그 끝을 잡고 잠시 걸어보세요.

나의 화려한 날은 가고

화려하다는 말은 다소 주관적이며 동시에 객관적이다. 누군 가 내게 너의 화려한 날들은 언제였냐고 묻는다면, 나는 주저 없 이 말하겠다. 아직 없었노라고! 번 돈의 양을 기준으로 한다면, 혹은 직업을 기준으로 한다면, 혹시 누군가 너의 화려한 날은 아 마 과외 선생으로, 학생들의 자기소개서를 봐주는 능력자로 살 았던 지난날이 아니었느냐고 한다면, 그럴 수도 있겠다 싶다. 하 지만 흔쾌히 동의하고 싶지 않은 것이 사실이다.

요양원에 오신 어르신들은 대부분 가난하고 어려웠던 시절을 견디며 평범하게 살아오셨다. 세속적 기준으로 보더라도 장사로 큰돈을 벌었다거나, 학교 선생님으로 평생을 사셨거나, 구청장 으로 재직하셨던 분 정도가 어쩌면 화려한(?) 날을 살았다고 할 수 있을까. 하지만 그것 역시 주관적 판단에 맡길 일이다. 그럼에도 우리 요양원에 계신 몇 분은 당신의 '화려한 날들'을 자주 이야기하신다.

"내가 젊어서 사업을 했거든. 동남아시아에서 안 가본 나라가 거의 없지. 돈을 얼마나 많이 벌었는지 셀 수가 없었어. 나는 말레이시아어, 인도네시아어, 태국어는 물론 영어도 잘하지. 여자? 나는 결혼을 네 번 했어. 첫 번째만 동갑이었고, 두 번째 세 번째는 나보다 열 살 이상 어렸어. 마지막 결혼은 스무 살 연하였지. 물론 곳곳에 현지처도 있었지."

그분의 말이 전부 거짓이 아니었음을 안다. 내가 쓴 단편소설 한 편을 복사해서 읽어보시라고 드렸더니, A4 열 장 분량의 소설에 빨간 볼펜으로 첨삭을 얼마나 많이 했는지 모른다. 물론 그렇게 고친 첨삭어는 전부 한자였다. 자신의 유식을 자랑하고픈 마음이 얼마나 컸는지 짐작이 가고도 남았다.

정작 문제는 그 '화려한 날들'과 자신의 현재 사이의 괴리가 너무 크다는 점이다. 화려했던 과거라는 덫에 몸의 절반쯤 걸린 채 버둥거리는 현재가 그를 괴롭히는 것이다. 속된 말로 치매에 걸렸으면, 그분은 과거사를 '화려함'으로 포장할 줄 몰랐을지도 모른다. 약간의 뇌질환으로 요양원에 입소하게 되었지만, 요양원의 환경은 그분에게 어울리지 않았다. 자신은 저들(요양원에 계신 다른 어르신들)과 다르다고, 분명 다르다고 주장하고 있지만, 아무도 그 다름(사실은 월등함)에 대해 인정해주지 않는 것이 몹시 억울하고 분한 모양이었다. 그림에 색칠하기나 선 따라 긋기, 퍼즐 맞추기, 공놀이, 틀린 그림 찾기, 풍선 던지기 같은 프로그램에 참여하는 것이 자신의 인생에 오점으로 남는 것 같았는지, 수준에 맞지 않는다고 이불을 덮어쓰고 나오지 않으셨다.

척추관협착증으로 요양병원에 계시다가 요양원으로 입소하신 여자 어르신은 손가락에 커다란 보석이 박힌 반지를 일곱 개나 가져오셨다. 요양원에 입소하실 때 대부분의 어르신들은 묵주반지나 보호자의 핸드폰 번호가 적힌 은팔찌 정도를 갖고 오신다. 그런데 그분은 매일 반지를 바꿔서 끼고 자랑을 하셨다. 그 자랑에 가만히 있는 것이 예의가 아니라고 생각한 요양보호사들은 예쁘다고 다들 칭찬을 아끼지 않았다. 물론 나도 함께 거들었다.

"어르신, 보석이 아주 독특하네요."

"이거는요, 내가 미국에 갔을 때 샀는데, 콜롬비아에 있는 구아타비타 호수 밑으로 수백 미터를 들어가야만 캘 수 있는 보석이에요."

"어머, 그러세요? 그래서 그런가? 보석의 색깔이 아주 특이하네요. 저 한번 껴봐도 돼요?"

보석 반지 어르신의 고조된 감정에 동조하면서 나는 반지를 내 손가락에 끼었다. 깊은 호수 속에서 햇빛을 전혀 받지 않은 천연 보석이라는 말의 진위를 떠나 나 역시 깊은 호수 속 보석이라는 말에 잠시 이입되어버렸다. 열흘쯤 지나서 보석 반지 일곱 개는 고스란히 어르신의 며느리에게로 돌아갔다.

"이거 정수기 물이에요? 나 정수기 물 못 마시는데…. 삼다수 좀 사다줘요. 아, 그리고 하나 더, 델몬트 망고 주스 한 병도 부탁해요."

삼다수 어르신의 남편은 약사였다고 했다. 본인도 중퇴하긴 했지만, 대학을 다녔다고 자랑스럽게 말했다. 자식들도 강남구에 거주하는 것으로 보아 그리 어려운 형편은 아닌 듯했다. 하지만 어르신의 식성은 너무 까다롭고 무엇보다 입이 짧았다. 옆에 계신 100세 어르신이 죽 한 그릇을 후딱 비우는 것을 보고 경멸하듯 얘기하셨다.

"식성이 돼지 같아요."

트롯 가수 진성의 노래 〈태클을 걸지 마〉의 노랫말에 "어떻게 살았냐고 묻지를 마라"라는 구절이 있다. 그분에게 딱 어울리는 노랫말이었다. 80세가 넘은 연배에 대학 근처에도 가보고, 약사 남편과 부유하게 살았을 수도 있는 '화려한 과거'가 어르신의 발목을 잡고 놓지 않았다. 굳이 따지자면 어르신의 입맛이 고급스러워서가 아니라, 자신에게 맞는 것만 고집하는 게 문제였다. 그리고 자신에게 살갑게 구는 며느리에게 일종의 어리광을 부리면서 원하는 것을 얻으려고 하셨다. 이분 역시 프로그램 따위는 수준에 맞지 않는다며 아픈 허리를 핑계 삼아 단 한 번도 참석하지 않으셨다.

'나의 화려한 날' 하면 95세의 고령에도 불구하고 프로그램에 열심히 참석하면서 종이에 자신의 이름을 한자로 쓰고, 그 옆에 명언 하나씩을 한자로 적어야만 직성이 풀리는 오개국어 어르신을 빼놓을 수 없다. 입소했을 때부터 입버릇처럼 하시던 말씀을 한 글자도 틀리지 않고, 재생 반복하신다.

"내가 말이야, 대통령 네 분으로부터 훈장을 받은 사람이야. 그리고 내가 오개국어를 하는데 러시아어, 일본어, 중국어, 영어야. 지금은 늙어서 팔십 프로를 까먹었지만, 여기서 나보다 더 학식이 높고, 한자를 많이 아는 사람은 없어."

그런 분이 어느 날 A4용지에 '입춘대길(立春大吉)'이라고 크게 쓰셨다. '이 뜻을 아는 자가 어디 있을쏘냐'는 표정으로 주위를 두리번거리셨다. 나는 어르신에게 한자를 정말 잘 쓰신다고 말씀 드리려다가 봄 '춘'자의 한자가 틀렸다는 것을 발견했다. 솔직히 그럴 마음까지는 없었지만, 농담하고 싶은 마음 반, 어르신의 지나친 자신만만함에 흠집을 내고 싶은 마음 반으로 한마디 던졌다.

"어르신, 한자 많이 아신다면서요. 그런데 봄 '춘'자 이거 눈 '목(目)'이 아니라 날 '일(日)' 아니에요?"

순간 어르신은 살짝 당황하셨지만, 이내 특유의 자신만만함을 내보이셨다.

"내가 말이야, 나이가 아흔다섯이야. 이제는 자주 깜빡깜빡한다고."

"그래도 어르신, 이렇게 쉬운 한자를 틀리시면 안 되지요."

"내가 말이야, 이래 봬도 오개국어를 하던 사람이야. 그런 사람의 머리가 얼마나 복잡하겠어."

네 분의 공통점은 '나의 화려한 날이 갔다'는 것을 인정하고 싶지 않다는 것. 어떤 유명 배우는 인터뷰에서 이런 말을 했다.

"나는 운동을 하면서 앞산을 봐요. 산꼭대기, 산등성이를 바라보면서 이런 생각을 합니다. 나의 인기도 저 산과 같이 굴곡이 있을 것이다. 인기에 연연해하지 않아야 오래 버틸 수 있다."

그 배우는 겨우 삼십 대 초반인 데다 인기의 정점에 있을 때였는데, 그런 생각을 한다는 것이 인상 깊었다.

나는 언젠가 삼다수 어르신에게 여쭤본 적이 있다. 어르신은 이십 년도 넘은 드라마를 몰아보곤 하시는데, 그 중간중간에 레슬링도 열심히 보시곤 했다. 치매 어르신들이 레슬링하는 선수들을 집중해서 보시는 경우를 여러 번 보았는데, 그때마다 궁금했지만, 여쭤본다고 대답을 기대할 수 없는 어르신들이 대부분이었기 때문에 참아왔던 터였다.

"어르신, 레슬링이 재미있으세요?"

나는 이런 대답을 기대했다.

'레슬링 선수들은 서로 뒹굴다가 밀치고 쓰러뜨리고, 넘어지고 막 움직이잖아요. 그런 게 부럽지요. 나도 한때는 힘이 넘쳐서 원하는 대로 몸이 따라주었는데, 이제는 보는 걸로 만족을 해야겠지요? 저걸 보고 있으면 재미있어요. 부럽기도 하고.'

그러나 어르신은 얼굴을 찡그린 채 짜증이 잔뜩 묻어난 말투로 대꾸했다.

"내가 지금 재미가 있어서 보겠어요? 이게 무슨 재미가 있어요. 볼 게 없어서 보는 거지."

돌봄이 아니라 인생을 배우는 중입니다

과거가 화려했다고 믿기 때문에 현재를 받아들이기 힘들어하는 네 분을 보면서 마음이 불편했다. 내가 그분들의 마음을 어떻게 해볼 수 있다는 것이 아니다. 다만 조금만 생각을 바꾸면, 그래서 아직 내가 걸어다닐 수 있음에 만족하고, 원하면 가족과 전화 통화를 할 수 있음에 감사하고, 요양원이지만 내가 원한다면 삼다수와 망고 주스를 사다 먹을 수 있는 것에 고마워할 수 있다면…. 그렇게 마음을 바꿀 기회가 있다는 것을 알게 되셨으면 좋겠다.

뻥 뜨는 할머니

이분을 알게 된 건 십 년 전으로 거슬러 올라간다. 엄마가 요양원에 계시던 시절. 그때는 거의 매일 면회를 하다 보니, 자연스럽게 엄마와 같은 방에 계신 어르신들과도 어느 정도 친밀감이 형성돼 있었다. 그런데 그중 한 분은 거의 매번 내게 무언가를 요구하셨다. 나는 가져간 간식을 어르신들에게 꼭 나누어 드리곤 했는데도 내가 가져간 쇼핑백 봉투가 예쁘다고 사다 줄 수 없겠느냐고 청하셨다. 처음 몇 번은 동정심에, 그 다음 몇 번은 거절할 명분이 마땅치 않아서, 그 다음엔 속으로 짜증을 내면서 드리거나, 사다 드리거나 했다.

그날은 올케가 엄마에게 드리라면서 면으로 된 벙어리장갑을 내게 주고 갔다. 엄마가 무의식적으로 콧줄을 자꾸 빼다 보니 요양원에서는 내 동의하에 엄마의 손을 억제대로 묶어두기로 했던 때이다. 전후 사정을 전해 들은 올케는 묶이는 것보다는 손수 만든 작고 예쁜 벙어리장갑을 엄마에게 끼우라고 했다. 나는 엄마의 손에 장갑을 끼우고 있었는데 휠체어를 타고 그분이 내 곁에 오셨다.

"아이고, 이쁘기도 해라. 어디서 샀어?"

나는 설마 이 장갑까지 사다 달라고 할까, 싶어서 자신 있게 대답했다.

"이건 살 수 있는 게 아니에요. 엄마를 위해서 올케가 직접 만든 거예요."

"아, 그래. 나도 그거 하나 만들어주면 안 될까?"

"아니, 어르신께서 이 장갑이 왜 필요하세요?"

"아, 내가 한 달에 한 번 집에 가게 되면 혹시라도 쓰게 될 일이 있지 않겠어? 뜨거운 거 집을 때라도 말이야."

나는 기가 막혔다. 그분은 치매로 입소하신 분은 아니었다. 약간의 뇌질환을 앓고 있지만, 인지에는 이상이 없는 분이라고 들었다. 나는 거절을 하면서도 미안한 마음이 들지 않았다. 왜냐하면 그분은 늘 내가 다른 어르신들에게 나누어 드린 간식들을 휠체어를 타고 다니면서 모두 수거해갈 만큼 욕심 많은 분이었기 때문이다.

그로부터 십 년 후, 나는 바로 그분을 다시 만났다. 내가 취업한 요양원에서. 첫눈에 그분을 알아보고 나는 먼저 인사를 드렸다. 기억을 더듬던 그분에게서 대답이 돌아왔다.

"아하, 그때 선생질하지 않았어?"

희미하나마 나를 기억하고 계셨다. 그때와 달라진 건 더 세련되고, 더 다양한 방법으로, 더 집요하게 누군가에게 무엇인가를 요구한다는 것이다. 그 누군가가 요양보호사든 원장님이든 다른 보호자든 가리지 않고….

나는 반가운 마음과 짠한 마음이 동시에 일었다. 그래서 열심히 그분이 요구하지 않아도 무엇인가를 가져다 드렸다. 그 일은 아직도 진행 중이지만, 지금은 아주 띄엄띄엄 가져다 드린다. 그 띄엄띄엄의 간격이 길어지는 순간, 나는 그분의 적이 되어버린다. 아무것도 안 가져다 드리는 요양보호사가 더 많은데도 말이다.

"오늘 이 방 담당자 오라고 해."

내가 그날 그 방의 담당자인 것을 이미 알고 계신 것이다. 호출벨을 계속 누르신다. 뛰어가 보면 바닥에 물을 엎지르고 닦으라고 하신다. 말없이 휴지로 바닥의 물을 닦는 내게 그분은 모진 말을 퍼붓는다.

"이런 일 하기 싫지? 그럼 당장 그만둬!"

그분의 삥 뜯기 수법은 바뀌는 법이 없다.

"여기 놔둔 가제수건이 없어졌어. 어제까지 분명히 있었는데 말이야. 나 그거 꼭 필요한데, 하나 사다 줄 수 없어?"

처음엔 그 말을 믿고 사다 드렸다. 하지만 그 후엔 물티슈를, 비닐장갑을, 심지어 냉장고에 보관 중이던 갓김치를 누군가 훔쳐 갔다고 떼를 쓰셨다. 그때마다 일일이 대응하기가 버거워지면 원장님이 나서서 해결하시곤 했다.

하루는 면회객이 와서 그분에게 이십만 원을 주고 가셨다. 마침 딸이 와서 그 돈을 보게 되었고, 오지랖이 넓은 나는 "손주 용돈 좀 주세요." 하고 입바른 소리를 하고 말았다. 내 앞에서 딸에게 십만 원을 주고 나서 어르신은 병이 나셨다. 그러고 나서는 팔만 원이 없어졌다고 원장님 이하 모든 요양보호사들을 의심하며 당장 찾아오라고 소리소리 지르셨다. 결국 원장님이 팔만 원을 드리고서야 마무리되었다. 그날 저녁 그분은 매운 짬뽕 한 그릇을 배달시켜서 맛있게 드셨다.

같은 방에 있는 어르신의 보호자가 오면, 그분의 방식은 '떼쓰기'에서 '애걸하기'로 바뀐다. 보호자는 사 온 간식을 조금씩 나누어 드리곤 했다. 그걸 드시는 것으로 만족하신다면 '삥'이 아니다.

"이 빵 어디서 샀어요? 내 생전 이렇게 맛난 빵은 첨 먹어 봐

요. 얼마예요? 내가 돈 줄 테니 다음에 면회 올 때 하나 사다 줄
래요?"

"아니에요, 어르신. 이거 하나 그냥 드시고, 다음에 또 사다 드
릴게요."

대부분의 보호자들은 딱한 마음에 그 맛난 빵을 사다 드린다.

그분은 짐이 많다. 요양원 생활을 오래 해서라기보다는 욕심
이 과하셔서 짐이 많다. 자신이 쓰던 작은 삼단 서랍장, 그 위에
가득 쌓인 살림살이 그리고 침대 밑에 세 박스의 옷들. 하루는
옷을 정리하다가 또다시 난리가 났다.

"어제까지 내가 분명히 봤어. 근데 목욕하고 들어오니까 분홍
색 땡땡이 옷과 보라색 줄무늬 티셔츠가 없어졌어. 여기는 다 도
둑년들만 사나 봐. 원장 오라고 해."

원장님은 시장에 가서 비슷한 옷 두 벌을 사다 드렸다.

그분의 타깃은 새로 온 요양보호사에게 향하는 경우가 많다.
그분의 물컵은 여러 개이지만 너무 낡은 물건들이라서 씻다 보
면 모서리 부분에 금이 가는 경우가 생길 수 있다. 그날은 너무
오래 써서 낡을 대로 낡은 보온물컵의 뚜껑이 아주 조금 깨졌다.
그때 물컵을 씻은 요양보호사의 잘못인지 아니면 전날 금이 갔
던 것인지 모르겠지만 그 일이 빌미가 된 것은 사실이었다.

"새로 온 선생 당장 오라고 해."

돌봄이 아니라 인생을 배우는 중입니다

아직 어르신들 이름과 성향을 제대로 파악하지 못한 신참 요양보호사는 불려가서 어떤 대답을 할지 안절부절못한다.

"이게 얼마나 비싸게 주고 산 건지 알아? 이런 거 어디 가서 사 올 거야?"

이튿날 신참 요양보호사는 집에 있던 것인지 사 온 것인지 모르겠지만 뚜껑이 튼튼하게 생긴 보온물병을 드렸다.

그렇다고 매번 그분의 '삥 뜯기' 수법이 통하는 건 아니다. 이번 타깃은 너무 멀리 갔다. 재난지원금이 발단이 되었다. 치매 어르신들이 뉴스를 싫어할 것이라는 생각은 편견이다. 의외로 어르신들은 뉴스를 틀어 달라고 하시는 경우가 많다. 그분 역시 늘 뉴스를 접하고 사시다 보니, 코로나 19로 나라에서 재난지원금이 나온다는 사실을 알게 되었다. 1인 가구 사십만 원, 2인 가구 육십만 원, 3인 가구 팔십만 원, 4인 가구는 백만 원이라는 사실을 외우고 계셨다.

"원장 오라고 해. 나라에서 돈이 나온다고, 문재인 대통령이 뉴스에서 발표했는데, 내 돈은 어디 있는 거야."

우리 원장님의 말솜씨는 대한민국에서 4퍼센트(?) 안에 들 정도의 달변임에도 불구하고 논리적 설득이 먹히지 않았다. 결국 그 분은 자신의 아들에게 전화를 하셨다. 주민등록이 아들 밑으로 되어 있어서 5인 가족 기준으로 백만 원이 나왔지만, 아들은 엄마의 몫을 십만 원으로 정해서 통보를 했다. 분한 마음을 삭일 수는 없었지만, 아들인지라 이번에는 십만 원으로 퉁쳤다.

그분은 너무 오래 입어서 곧 해질 것 같은 속옷에 주머니를 달았다. 그 안에 그분만 아는 금액의 비상금을 고이 접어 넣어두고, 주머니 위에 다섯 개의 옷핀을 꽂아놓았다. 목욕을 하러 나가서 옷을 벗어야 하는 경우에도 그분은 자신이 볼 수 있는 곳에 그 속옷을 걸어놓으신다. 목욕을 마치고 옷을 입을 때, 그 순간에도 그분의 시선은 속옷 주머니의 이동 경로를 향해 있다. 그럼에도 불구하고 목욕을 하고 난 후 속옷 주머니에 핀이 하나 빠졌다는 등의 생떼를 쓰신다. 그 찰나의 순간에 '어떤 손모가지가 잽싸게 훔쳐 갔다'는 게 그분의 지론이다.

이상한 건 내 마음이다. 속이 뻔히 보이고, 누군가를 도둑으로 몰아세우고, 말도 안 되는 떼쓰기를 지치지 않고 하시는 게 밉다가도, 집에 삭힌 고추와 깻잎 절임이 생기면 제일 먼저 그분이 생각난다. 요양원에서 나오는 반찬이 입에 안 맞는다고 늘 딸에게 전화를 걸어서 '이거 사 와라, 저거 사 와라' 하시지만, 딸도 직장생활을 하는 관계로 김치를 담가 먹거나 하지 않는 것 같았다. 그래서 가끔 마트에서 반찬을 사 오곤 한다. 딸이 사 온 김치가 떨어질 때쯤, 집에 있는 고추와 깻잎을 가져다 드렸다.

돌봄이 아니라 인생을 배우는 중입니다

"이런 일을 할 사람이 아닌데, 여기 와서 힘들지? 아이고 가엾어라."

영혼 없고 생색만 내는 말인 줄 알지만, 그렇게 해서라도 끊임없이 자신의 욕구를 채우려고 애쓰는 늙고 병든 한 사람을 보고 있으면, 오랜 세월 병마로 고통받았을 그분의 내면과, 어려운 살림에 오랫동안 엄마의 병원비를 감당하느라 애쓰는 자식들의 내면에 고인 눈물이 애처롭게 느껴진다.

한번은 작은딸이 면회를 온다고 했는데 코로나 때문에 당신은 못 나가니까 나더러 뭘 전해주라고 하신다. 검정 비닐봉투로 꽁꽁 싸맨 플라스틱 반찬통 같았다. 나는 작은딸이 오자 엄마가 전해달라고 했다며 물건을 건네주었다. 딸은 순간, 얼굴에 화가 치미는 것을 참느라 애쓰는 것 같았다. 그리고 엄마가 그리도 꽁꽁 묶어놓은 비닐봉투를 확 잡아 뜯고, 그 자리에서 내용물을 확인했다.

"내가 이런 짓 좀 하지 말라고 해도 도대체 왜 그러는지 모르겠네."

그분이 딸에게 전해준 내용물들이 바닥에 쏟아졌다.

초코파이 두 개, 두유 세 팩, 빠다코코낫 비스킷 한 봉지, 일회용 비닐장갑 한 묶음.

아내에게 물어보고요

사람들은 흔히 말한다. 부부가 한날한시에 떠날 수 없다면, 아내보다 남편이 먼저 저세상에 가야 한다고. 왜 그러냐고 물으면, 이런 대답이 돌아온다.

"남자들은 사회생활을 오랫동안 했어도 늙어서는 모임이 거의 없는 반면, 여자들은 이런저런 모임이 많아서 늙어도 심심할 틈이 없다. 또 늙은 홀아비는 스스로를 가꿀 줄 몰라 초췌하며, 손주들을 돌보는 일도 서툴며, 자식들이 모시기도 힘들고, 일상적인 집안일도 남자가 할 만한 게 거의 없다."

한마디로 꾀죄죄하고 자식들 손 많이 간다는 뜻일 테다. 물론 편견일 수도 있다. 혼자가 되었어도 노후를 멋지게 보내는 남자들도 상당히 많을 수 있다. 혹은 반대로 혼자가 된 늙은 여자가 자식이나 며느리에게 더 부담스러운 존재가 될 수도 있다.

정답은 아닐 테지만 요양원에 근무하면서 경험하고 생각해본 바에 따르면, 대체로 이러한 통설이 맞다는 데 한 표를 던지게 되었다. 물론 우리 요양원에는 여자 어르신이 남자 어르신보다 세 배 이상 많다. 따라서 이곳에서의 내 경험이 곧 절대적일 수는 없겠다.

얼마 전에 요양원에 오신 한 어르신은 세간의 기준으로 보면 속된 말로 '더럽게 재수 없고, 지지리도 운이 안 따르는 인생'에 해당한다고 볼 수 있겠다. 평생을 교직에 몸담았던 선생님에게 이상 증세가 나타난 것은 퇴직하기 한 해 전이라고 한다. 약간의 치매 증세를 보였지만, 정년이 얼마 남지 않았기에 학교 측에서도 정년을 채우고 퇴직할 수 있도록 배려해주었다. 그 후 십 년, 선생님의 나이 75세가 될 때까지 아내는 치매 환자가 된 남편을 집에서 돌봤다. 아내 역시 교사로 정년퇴직을 해서 먹고사는 데는 별문제가 없다.

문제는 평생 남을 가르쳤던 아내의 오래된 습관이 남편의 일거수일투족을 관리하고, 가르쳐서 고치려고 해왔던 데 있다. 그로 인해 '이건 된다, 안 된다'의 기준을 아내가 정해주는 대로 따랐을 남편—아무리 치매라고 해도 수년간 반복된 행동 패턴을 잊지 않는다ー은 아내 없이는 아무것도 할 수 없는 상태에 이르렀다. 아내는 십 년간 남편을 수발하면서 자신의 생활이 곧 남편의 생활로 공식화되었을 것이다.

아내는 '요양원' 하면 떠오르는 부정적 선입견들이 많았다고 했다. 요양원은 중증 치매가 되었을 때 가는 곳이라는 생각도 아내가 결정을 늦추는 요인이었을 것이다. 무엇보다 평생을 함께한 남편과 떨어져 사는 게 힘들었을지도 모른다. 집 주변의 요양원 여러 곳을 다니면서 상담했고, 마침내 아내는 남편을 우리 요양원으로 입소시켰다.

이 의존증 어르신은 팔 남매의 맏이로 태어나서 반평생 이상을 교사로 살았다. 교사에 대한 오늘의 가치관과 그분이 살았던 시대의 가치관은 상당히 다르다. 그 다름은 긍정과 부정의 관점이 아니라 시대적 변화에 따른 자연스러운 것이었다. '교직은 천직'이라던 시대에 교사 생활을 오랫동안 했던 의존증 어르신은 가난하고 힘들었던 시대에 팔 남매의 맏이 역할을 하기 위해 얼마나 많은 것을 양보해오셨을까. 더불어 교직을 '천직'으로 여기면서 사느라 또 얼마나 바르고 흐트러짐 없는 생활을 하기 위해 노력하셨을까. 사람의 인격이나 성품이 전적으로 부모의 유전자에 따라 형성되는 것이 아니라 일정 부분은 후천적 환경에 의해 만들어진다는 사실은 익히 알려진 바이다.

돌봄이 아니라 인생을 배우는 중입니다

의존증 어르신은 지나치게 과묵했다. 말투도 정중하지만 단호하고, 요양보호사의 말에 따르다가도 어느 순간 격하게 거부하는 등 살아온 세월의 흔적을 언행에 고스란히 담고 있었다.

아내는 거의 매일, 같은 시간대에 면회를 왔다. 십 년 동안의 남편 병수발에 지쳤을 법도 한데, 아내 역시 남편과의 오랜 관계에서 한치도 벗어나지 못하고 있었다. 아내는 집에서 남편에게 했던 매뉴얼대로 우리가 해주길 원하셨다. 신장병을 앓고 있는 남편의 식생활과 운동 습관, 섬망증세에 대처하는 방법과 기저귀 가는 방법까지 거의 모든 것을 자신이 했던 대로 해주길 바라셨다. 대부분 요양원에서 수용할 수 있는 내용이어서 우리는 아내의 매뉴얼을 따르기로 했다. 하지만 환자에게 일어날 수 있는 수많은 변수를 매뉴얼대로만 할 수 있겠는가?

"어르신, 기저귀 갈아 드릴게요."

기저귀는 보통 두 명의 요양보호사가 짝이 되어 갈아 드리기도 하고, 혼자서 갈아드릴 수 있는 어르신은 혼자서 해결하기도 한다. 의존증 어르신은 키가 크고, 체중도 많이 나가는 편이어서 두 명의 요양보호사가 함께 갈아야 했다. 어떤 날은 순순히, 하지만 대부분은 버럭 화를 내며 강하게 거부하셨다.

"아, 왜 이래요. 안 한다는데…."

아내는 우리에게 이렇게 말했다.

"이 양반이 단 한 번도 남에게 보여주지 않았던 곳을 보여줘야 하니까 창피한 거예요. 그러니까 선생님들이 우르르 한꺼번에 들어와서 하지 말고, 한 사람만 와서 정중하게 이야기해보세요."

어느 날 나는 혼자서 그 방에 들어갔다. 그리고 상대방이 들었을 때 절대로 거부할 수 없을 것 같은 다정한 어조를 만들어내기 위해 심호흡을 했다. '공기 반 소리 반', 다정다감과 애정을 담뿍 담은 말투를 속으로 되뇌이면서.

"선생니임…. 기저귀가 마아니 젖은 것 같아요. 이대로 주무시면 축축해서 잠도 안 오고, 엉덩이 피부에 발진도 생길 텐데…. 어쩌지요, 선생니임?"

대략 난감한 표정으로 심각한 고민에 빠져 있던 우리의 의존증 어르신이 한 말씀 하셨다.

"저…, 집사람에게 물어보고요."

그날 밤이 지나고 아침이 왔을 때 선생님의 침대와 옷은 오줌으로 푹 젖어 있었다. 아내는 면회를 와서 남편에게 다가갔다. 그리고 남편의 넓다란 가슴 위에 자신의 머리를 기대었다. 기댄 채로 남편의 바지 속으로 한 손을 집어넣고는(물론 기저귀를 한 상태) 가볍게 속삭였다.

"여보, 여기 축축하지? 이거 갈아야지, 그렇지?"

돌봄이 아니라 인생을 배우는 중입니다

아하, 저렇게 해야 하는구나. 그렇지만 우리는 절대로 어르신의 '여보'가 될 수 없다.

의존증 어르신은 가볍게 걷고, 혼자서 식사를 할 수 있었지만, 인지 기능은 중증 치매에 가까웠다. 예를 들면 양치질을 혼자서 할 수 있지만, 물로 입안을 헹궈서 뱉는 일은 못 하셨다. 식후 드시는 약도 어떤 단계를 거쳐야 하는지 모르셨다. 하루는 식판을 치우러 갔더니, 약봉지를 손에 들고 계셨다.

"선생니임, 약봉지를 뜯고, 이걸 입 안에 넣으세요. 그리고 물을 한 모금, 자 이렇게 한 후에 이제 삼키세요."

어르신은 내가 시키는 대로 하기는 했지만, 뭔가 찜찜한 표정을 짓고, 한숨을 내쉬었다. 나를 잠깐 쳐다보고 한 말씀 하셨다.

"그거 참 어렵네요."

의존증 어르신 역시 밤 나들이를 가끔 하셨다. 뒷짐을 지고 구부정한 자세로 어두운 복도를 걸어가셨다. 나는 어르신의 뒤를 따라갔다. 밝은 거실로 나왔다가 다시 어두운 복도로 되돌아가시는 어르신께 여쭀다.

"선생니임, 지금 어디 가시게요?"

"저, 지금 교무회의가 있어서요."

"교무회의는 내일 아침에 있는데, 그걸 모르셨구나."

"아, 그래요? 내일 아침이에요?"

"그럼요, 연락 못 받으셨어요?"

"… 제 처에게 물어볼게요."

　의존증 어르신이 우리 요양원에 계셨던 시간이 대략 일 년 남짓이었을까? 신장병으로 병원에 입원하시고 난 후, 돌아가셨다는 소식이 들려왔다. 그분에게 '집사람'과 '처' 곧 아내는 의존의 최정점이었다. 부부가 서로에게 의지하고, 의존하면서 사는 게 당연하다고 말하면 딱히 부정하고 싶지는 않다. 하지만 나는 의존증 어르신과 아내를 보면서 부부란 결국 남이 만나서 인위적으로 만들어진 가족인데, 혹시 '독립 반, 의존 반'으로 살았다면 부부의 말년 십일 년이 조금은 달라지지 않았을까 하고 생각해 본다.

　내가 알기로 지구상에서 인간만이 자식을 완벽하게 독립시키지 못하는 동물이라고 한다. 자식은 부부처럼 완벽한 타인이 될 수 없는 혈연으로 이어진 관계여서 독립을 못 시킨다는 것도 어불성설이고, 타인이 만나서 맺어진 부부의 연 역시 '영원히' 함께하자며 바지나 치맛자락을 붙잡고 사는 것 역시 억지이다. 우리 모두 완벽한 '개체'이고, 완벽한 개인이며, 완벽한 독립체이다. 따라서 결국 완벽하게 하나가 될 수 없는 '각자'가 아닐까. 적어도 강력히 그렇다고 주장하고 싶은 밤이다.

돌봄이 아니라 인생을 배우는 중입니다

내 인생에 태클을 걸지 마

의존증 어르신이 '의존의 최정점'이었다면, 이번에는 그 반대의 경우, '독립의 최정점'에 선 어르신이 계시다. 여기서 '독립'이란 내가 앞서 말했던 그 '독립'의 의미와 상당히 다르다는 점을 먼저 밝힌다. 딱히 마땅한 개념이 없어서 선택한 용어이지만, 어떤 면에서는 의존증 어르신과 완전히 대조적인 삶을 사셨던 어르신이시다. 이 어르신은 우연히 듣게 된 진성의 노랫말처럼 '내 인생에 태클을 걸지 마' 하고 얼굴에 쓰인 분이다.

노태클 어르신은 키가 크고, 몸 전체가 수십만 년 전 지구에 살았던 인류의 한 종인 네안데르탈인의 화석을 보는 듯했다. 뼈와 가죽만 남은 몸, 윗니는 그런대로 있지만 아랫니 안쪽은 죄다 금속과 금으로 덧씌워진, 그러나 앞니는 듬성듬성 빠진 상태. 어르신이 한창 잘 나갈 때의 직업은 부동산 중개업자였다고 한다. 지금이야 공인중개사 자격증이 있어야만 부동산 중개업을 할 수 있지만, 예전에는 구변과 넉살이 좋고 오지랖이 넓은 사람이라면 누구나 '복덕방'을 열 수 있었던 시절이 있었다. 그런 시절에 부동산 중개업을 하시면서 벌이가 꽤 괜찮았던 모양이다. 하지만 아내에게는 일절 돈을 가져다주지 않아서 '집사람'을 바깥(생활전선)으로 내몰았던 어르신이다.

노태클 어르신은 중증 치매는 아니었다. 최소한 아내와 딸들을 알아보고 대화도 가능한 상태였다. 하지만 어르신은 폭력은 약간, 폭언은 '해도해도 너무 할' 정도로 심했다. 이분 역시 처음 몇 년은 집에서 아내의 수발을 받으며 생활하셨다. 하지만 어르신의 아내는 자신이 감당할 수 없음을 일찌감치 깨닫고, 본인(아내)의 건강을 위해서도 아버지를 요양원에 맡겨야 한다고 딸들에게 강력하게 요구했다.

시간이 꽤 흘러서, 내 기억이 정확하지는 않지만 어르신은 처음부터 요양보호사의 식사 돌봄을 받았던 것으로 기억한다. 밥이든 죽이든 식사를 한 술 떠서 어르신의 입에 넣어 드리는 일이 암벽 오르는 일만큼 땀을 흘리며 애를 써야 하고, 참을 만큼 참아야 하는 고역이었다. 어르신의 기분이 괜찮은 날엔 비교적 수월하게 식사를 마쳤지만, 기분이 썩 좋지 않은 날엔 수저가 입안으로 들어가는 순간 수저를 앞니로 꽉 깨물고 음식이 못 들어오게 저항하셨다. 거기서 끝이라면 얼마나 좋겠는가? 그 다음이 문제였다. 억지로 입안에 음식이 들어가면 퉤, 하면서 음식을 뱉어버렸고, 그 다음은 방언 터지듯 욕설이 쏟아지고, 그와 동시에 입 안에 남아 있던 밥과 반찬이 사방으로 튀었다. 요양보호사의 얼굴과 옷에 음식물이 튀고, 어르신의 환장할 욕설들이 랩처럼 이어졌다.

"안 먹어, 안 먹는다구. 씨팔년아. 꺼져, 꺼져 씨팔년아."

윗니와 듬성듬성한 아랫니를 딱딱 부딪치고, 금속으로 된 수저를 질끈 물고 놓아주지 않으면서도 욕설은 쉴 새 없이 튀어나왔다.

자주는 아니지만 아내는 한 달에 두어 번 면회를 왔다. 가끔은 딸들과 함께 오기도 했다. 아내가 딸들과 면회를 왔을 때 어르신은 욕을 하시지 않았다. 딸들의 애교 섞인 물음에도 기꺼이 대답을 해주시기도 했다.

"아빠, 나 누군지 알아?"

"응."

"누군데?"

"희영이."

"아빠, 나 사랑해?"

"응."

비록 단답형이긴 했어도, 아버지로서 최소한의 도리는 했다. 문제는 늘 아내가 혼자서 왔을 때 발생했다. 아내는 남편의 흑역사를 어르신 방에 들어오는 모든 요양보호사들에게 마치 어제 일처럼 자세히 들려주곤 했다. 남편의 '긴긴 세월의 방황'에 대한 에피소드들이 하나씩 밝혀질 때, 그 방에 있던 다른 어르신들 역시 청자가 되었다. 그 방황이란 온전히 남편의 바람이었다. 남편은 돈이 생기면 여자를 데리고 모텔로 가곤 했다고 한다. 그래서 아내는 온갖 장사를 하면서 자식들을 길렀단다. 연안부두 근처에서 생선 장사를 할 때였는데, 남편이 자신의 눈앞에서 젊은 여자를 데리고 모텔로 들어가는 것을 보았다고 했다. 아마도 남편과 젊은 여자의 뒤를 곧바로 따라 들어가서 젊은 여자의 머리채를 잡지 못한 것은 남편의 폭력이 무서워서였으리라.

아내가 남편의 면회를 오는 것은 남아 있는 '애정' 때문이 아니라, '애증' 때문이었을지도 모른다. 사랑과 증오, 오랫동안 자식을 낳아 기르면서 생겼을 감정. '사랑' 부분은 대화 내용에서 추측할 수 있다.

"여보옹, 나 왔어."

"가, 이 씨팔년아."

"이런 다니까."

아내는 집요하게 묻는다.

"여보옹, 나 사랑해?"

"안 해, 이 씨팔년. 재수 없으니까 가."

나 같으면 열불 나서 확 나가버릴 법도 한데, 아내는 갈 때 다시 특유의 콧소리를 낸다.

"여보옹, 나 또 올게."

그럴 때마다 노태클 어르신의 눈에는 적의와 분노가 서렸다. 돌아가는 아내의 뒷모습에 눈길도 주지 않았다. '증오' 부분은 다음 대화 내용에서 확인할 수 있다.

"희영 아빠, 바람피운 거 후회하지?"

"어디 아픈 데는 없어? 그렇게 밖으로만 나돌더니….."

"자주 못 왔어. 나도 다리가 아파서….."

'증오' 부분은 나와의 대화에서 다시 확인할 수 있었다. 어느 날 면회를 온 아내는 점점 말라가는 남편을 보며 안쓰러워했다. 노태클 어르신이 식사를 거부하셔서 콧줄로 바꾸었지만, 어르신은 그것마저 자꾸 빼버리곤 했다. 콧줄을 다시 끼려면 간호사가 있어야 했다. 하지만 간호사가 출근을 안 하는 일요일에 어르신이 콧줄을 빼면 식사를 못 하시는 일이 벌어지기 때문에 보호자의 동의하에 어르신의 손에 억제대를 묶어야 했다. 어르신은 억제대를 풀기 위해 꾀를 부리셨다. 등이 가려워서 긁어야 하니 손을 풀어달라고. 나는 면회를 온 아내에게 어르신의 등을 한번 긁어주고 가시라고 했다. 우리가 하는 것보다 아내의 손길이 더 나을 수도 있으므로. 돌아온 아내의 대답.

"아유, 내가 지금 서 있기도 힘든 상태인데, 어딜 긁어요. 나 지금 병원 가야 해서…."

노태클 어르신은 일요일마다 억제대를 풀어달라고 우리에게 애원하고, 협박하고, 회유했다. 전무후무한 어르신의 발상은 참으로 웃프다.

"이것 좀 풀어줘, 응? 내가 얼마 있으면 백이십억이 들어와. 그거 줄게. 이거 풀어 줘, 응?"

"돈이 어디서 들어오는데요?"

"들어올 데가 있다니까. 이것만 풀어주면 백이십억 다 줄게. 응?"

어르신은 요양원에 계신 동안 단 한 번도 아내를 찾지 않으셨다. 찾기는커녕 아내가 와서 자신의 흑역사를 장황하게 밝히는 것이 더 싫었을 것이다. 그런 어르신이 돌아가시기 며칠 전, 면회 온 아내에게 결국 사과하셨다. 물론 자진해서 사과를 한 게 아니라 아내의 끈질긴 질문에 답한 것이긴 해도 그분 역시 자신의 죽음을 앞두고 고해성사 같은 사과를 아내에게 하고 싶었을 것이다.

"여보, 나야. 나 사랑해?"

"응. 그리고 미안해."

긴 말이 뭐 필요한가. '미안해' 한마디에 세월의 한이 녹고, 증오가 사라지고, 용서가 생겨나지 않겠는가?

아내를 대하는 두 어르신 중 어느 분의 삶이 옳았다고 우리는 함부로 말할 수 없다. 모든 책임은 본인의 옷자락에 담겨 있고, 그 옷자락 안을 품고 가는 것은 '나 자신'이므로.

운명처럼, 그렇게

누가 먼저 들어왔는지 잘 모르지만, 한 방에 계셨던 할머니 두 분은 사돈지간이다. 편의상 아내의 어머니를 친정 어르신, 남편의 어머니를 시댁 어르신이라고 부르기로 하자. 친정 어르신은 귀가 약간 안 들리기는 하지만, 걸어다닐 수 있고, 인지도 있으며, 일상의 대화가 가능한 분이다. 반면에 시댁 어르신은 내가 처음 보았을 때부터 몸이 둥글게 굽어져서 마치 태아가 엄마 배 속에 있을 때와 비슷한 자세를 취하고 계셨다. 나는 솔직히 충격을 받았다. 몸이 저렇게까지 구부러질 수 있다는 것이 믿기지 않았고, 기저귀를 갈 때마다 가느다란 다리가 부서질 것 같아서 쉽사리 만지지도 못했다. 하지만 시댁 어르신도 약간의 인지는 있어서 간단한 대화 정도는 가능했다.

돌봄이 아니라 인생을 배우는 중입니다

시댁 어르신의 삶은 참으로 극적이었다. 결혼하자마자 남편은 군대에 가게 되었고, 아내가 면회를 가서 남편과 하룻밤을 보냈다. 곧이어 한국전쟁이 나고 남편은 교전 중에 전사했다. 아내는 유복자를 낳아서 홀로 키웠다. 그리고 길고 긴 세월이 흘러 사돈과 같은 요양원에 입소하게 된 것이다.

시댁 어르신 하면, 잊을 수 없는 이야기가 있다. 그 어르신 바로 옆에 또 다른 어르신이 계셨다. 이 어르신은 오랫동안 장사를 해서 자식들을 키웠고, 그중에서도 맏아들에게 유독 많은 사랑을 쏟으셨다고 한다. 그 사랑이 너무 깊은 나머지 맏아들이 면회를 자주 오지 않는다고 침대에서 일부러 떨어져서 다리가 골절이 되었다고 한다.

젊은 사람이 골절되면 골절 부위에 핀을 박아 고정하거나 깁스를 하면 저절로 회복이 된다. 하지만 대부분의 노인들은 골다공증이 있기 때문에 어쩌다 골절이 되면 뼈가 산산이 부서져서 수술도 불가능하고, 결국 와상 상태로 있다가 패혈증이나 기타 합병증으로 돌아가시는 경우가 상당히 많다.

내가 처음 이 어르신을 보았을 때는 상반신만 자유자재로 움직이셨고, 하반신은 심한 통증으로 고생을 하고 계셨다. 밤이고 낮이고 '아파' 소리를 계속하셨다. '너무 아파' 소리가 밤에 계속 들려서 감정이입이 되고 말았다. 얼마나 아프시면 저렇게 소리를 지르실까 싶어서 괜스레 마음이 심란했지만, 그렇다고 내가 딱히 해드릴 일도 없었다. 그런 연유로 시댁 어르신은 옆의 어르신의 '아파, 아파' 소리를 계속 들을 수밖에 없었을 것이다. 그러다 얼마 후 아파 어르신이 돌아가셨다. 그로부터 일주일 정도 침대가 비어 있었다. 어느 날 시댁 어르신이 나를 보더니 한마디 하셨다.

"방 바꿨어요?"

딱 그 정도의 인지가 있으셨던 분.

그분은 식사를 미음으로 먹여 드려야만 했는데, 갈아서 드린 반찬임에도 불구하고 남아 있는 치아 서너 개로 씹으시느라 시간이 오래 걸렸다. 그분에게도 선호하는 음식이 있었다. 물김치가 아니라 반드시 배추김치가 있어야만 식사를 하셨고, 생선이나 고기 종류의 반찬이 나오면 입을 더 빨리 벌리곤 하셨다.

요양보호사들은 다른 어르신들의 식사 시간보다 삼십 분 정도 먼저 시댁 어르신의 식사 돌봄을 시작했다. 친정 어르신은 시댁 어르신의 식사에 참여하는 경우가 많았다. 본인도 파킨슨병이 있어서 손 떨림이 심한데도 불구하고, 사돈에게 한 수저라도 더 먹이기 위해 애를 쓰셨다. 시댁 어르신의 아들이 늘 사다놓는 홈런볼이란 과자를 사돈의 입에 넣다가 사돈이 입을 다물고 오물거리느라 지체하기라도 하면 버럭 화를 내셨다.

"먹어, 이 사람아. 얼른 입 벌려."

사돈이 큰소리로 아무리 다그쳐도 시댁 어르신의 표정은 달관, 해탈, 그 자체였다. '너는 왜 그리 보채냐. 나는 아무렇지도 않은데….' 뭐 이런 표정.

우리가 시댁 어르신에게 식사를 드리는 노하우는 단 한 가지, 인내였다. 아주 작은 알갱이가 입안에 남아 있으면, 그 알갱이가 잘게 부서져서 넘어갈 때까지 입을 벌리지 않고, 소가 되새김질을 하듯이 씹고 또 씹으셨다. 결국 열불 나신 친정 어르신이 나섰다.

"이 사람아 뱉어, 뱉어봐. 얼른."

이러시면서 시댁 어르신의 입안에 손을 넣어 내용물을 꺼내셨다. 아주 작은 감자 알갱이. 다시 열불 나신 친정 어르신은 감자 알갱이를 시댁 어르신의 눈앞에 들이밀며 다그치신다.

"이걸 왜 그리 오래 씹노, 밥을 얼른얼른 받아먹어야지. 아이고 속상해."

친정 어르신에게 사돈의 밥 수발은 인생을 걸 만큼 아주 소중하고 대단한 하루의 일과였다. 그러나 여전히 시댁 어르신은 평소의 식사 소신을 굽히지 않으셨다.

어느 날 아침, 늘 일찍 일어나던 친정 어르신이 일어나지 않으셨다. 날숨만 쉬는 것처럼 "푸우푸우" 하는 소리를 내며 입에 거품이 생기기 시작했다. 병원으로 급히 이송되어 며칠간 입원을 하셨다. 결국 뇌경색이 와서 와상 상태가 되셨고, 식사는 콧줄로 경관식을 드시고, 소변줄을 끼우고, 언어 기능마저 사라지게 되는 그런 상황. 요양원 식구들 모두 깊은 시름에 빠졌다. 파킨슨병의 합병증으로 뇌경색이 생기는 경우는 상당히 많다고 한다. 하지만 우리에게 친정 어르신의 발병은 갑작스럽게 들이닥친 불운처럼 느껴졌다.

결국 두 사돈은 같은 방 바로 옆 침대에 나란히 눕게 되었다. 시댁 어르신의 아들은 오후 2시가 되면 어김없이 면회를 왔다. 엄마에게 홈런볼 한 봉지와 베지밀 한 병을 드시게 한 뒤 엄마를 빤히 바라만 보다가, 장모님께 인사를 하고 요양원 문을 나섰다. 어느 날 나는 홈런볼을 자신의 입에 열심히 넣어주고 있는 사람이 아들이라는 것을 어르신이 알고 있는지 궁금해서 여쭤보았다.

"어르신, 이 분이 누구예요?"

아들도 엄마의 귀에다 입을 대고 다시 물었다.

"나 누구야?"

"남동생."

한 치의 망설임도 없이 '남동생'이라고 하는 시댁 어르신에게 서운했는지 아들은 엄마에게 "엄마가 남동생이 어디 있어? 나 아들이잖아." 하고 재차 말했다.

몇 달 후 시댁 어르신의 상태는 급속히 나빠졌다. 그때 야간 조였던 나는 아주 작고 여린 생명 하나가 이 세상과 하직하는 모습을 지켜보아야 했다. 다리가 굽은 채로 가슴까지 와 닿고, 팔도 굽어서 제대로 펴지 못한 채 지내왔던 웅크린 세월이 사라지고 있었다. 칠십 년 전 남편과 보냈던 단 하룻밤의 인연이 자식으로 이어지고, 그 모진 날들을 살다가 병을 얻어 병마와 싸웠던 긴 세월이 어르신의 몸을 스쳐 지나가고 있었다. 자신에게 밥을 먹이기 위해 그토록 애쓰던 사돈과의 도타운 인연도 한 줄기 바람처럼 흘러가고 있었다. 굽었던 팔과 다리가 죽음과 더불어 서서히 펴지기 시작했다. 고단했던 얼굴에는 평온이 감돌았다.

운명처럼, 그렇게 살았던 두 어르신. 이제는 한 분만 남았다. 서로 기억하지 못해도 최선을 다해 예우해왔던 삶들 아닌가. 친정 어르신의 머릿속에는 아무런 기억도 남아 있지 않을 것이다. 사돈이 떠난 것도, 자신이 어떤 상태인지도.

인지 있는 한 어르신은 기분이 상당히 처져 계셨다.

"어르신, 며느님이 면회도 오고, 어르신 입에 맞는 음식들도 잔뜩 해왔는데, 기분이 왜 안 좋아보이세요?"

"나는 허리가 너무 아파. 차라리 치매였으면 좋겠어. 아무것도 모르게."

역설인 것 같지만, 사실 어르신의 말이 맞을지도 모른다. 차라리 아무것도 모르는 편이 덜 불행할 수도 있다. 행복과 불행은 주관적인 것이므로.

그래도 친정 어르신이 알아듣는 몇 가지 말들이 있다.

"어르신, 엉덩이 좀 들어주세요."

"어르신, 옆으로 누워보세요."

"어르신, 눈 좀 떠보세요."

이것만으로 충분하지 않은가? 딸이 와서 엄마의 가슴에 얼굴을 파묻고 울어도, 정작 본인은 자신의 가슴에 얼굴을 묻고 눈물 흘리는 이 여자가 누구인지 모르는 것이 불행한 일만은 아닐지도 모른다. 사돈이 아프게 살다가 먼저 세상을 떠났다는 사실을 모르는 것이 불행한 일이 아닌 것처럼.

언젠가 친정 어르신도 운명처럼, 그렇게 만났던 사돈처럼 평온하게 세상을 떠나는 날이 올 것이다. 지금 친정 어르신 옆 침대에는 시댁 어르신 옆에서 소리 지르던 아파 어르신과 비슷한 상태의 어르신이 매일매일 소리를 지르고 있다. 그래도 친정 어르신은 단잠을 주무신다. 그 얼굴을 바라보고 있으면 내 마음도 고요해진다. 입에 발린 소리가 아니다. 한 생애의 마지막에 과거로부터 자유로워지는 일이 가능하다면 그것이 바로 '생에 의미를 부여했던 우리의 사고방식'이 얼마나 잘못되었는지 알게 되

돌봄이 아니라 인생을 배우는 중입니다

는 일이기 때문이다.

　우리는 치매 걸린 부모가 불행한 것이 아니라 그것을 감당하고 바라봐야 하는 자식들이 불행한 것임을, 아니 불행하다고 느끼고 있는 것임을 알았으면 좋겠다.

당신들의 하루는
기적과도 같다

선한 눈으로 윙크를 잘도 하시는 윙크 어르신은 조선족이다. 정확히는 모르지만, 혈육이 딸 하나인 듯하다. 내가 처음 요양원에 왔을 때 윙크 어르신은 휠체어를 타고 프로그램에 참여하곤 하셨다. 어느 날 어르신의 눈을 바라보는데 그 눈매가 너무도 선해서 한참을 들여다보다가 나도 모르게 "윙크." 하면서 한쪽 눈을 감았다. 어르신은 양쪽 눈을 모두 감았다가 뜨셨다. 그후 나는 "윙크." 하면 양쪽 눈을 모두 감는 어르신의 모습이 너무 귀여워서(무례한 표현임을 알지만) 자주 "윙크." 하며 눈을 찡긋하곤 했다.

그러던 윙크 어르신의 몸은 차츰 굳어가고, 이제는 몸을 둥글게 말고 있는 자세가 되었다. 팔과 다리가 모두 굽어서 손바닥

돌봄이 아니라 인생을 배우는 중입니다

이 턱을 받치게 되었고, 욕창을 방지하기 위해서 다리와 다리 사이에, 팔과 겨드랑이 사이에, 다리가 접히는 오금에 수건을 돌돌 말아서 끼운 채 경관식을 드실 때 빼고는 옆으로 누워 계신다.

　나는 윙크 어르신이 삼 년 전에 했던 '윙크의 기억'이 있을 것이라고는 전혀 생각지도 못했다. 그래도 나는 한번 확인하고 싶었다. 어르신의 얼굴 가까이 다가가서 눈을 응시했다. 눈빛은 여전히 선하고 아름다웠다. 나는 "윙크." 하면서 내 한쪽 눈을 찡긋 감았다가 떴다. 순간, 어르신의 두 눈이 동시에 감겼다가 다시 떠졌다. 설마, 아니겠지. 우연이었을거야. 예전의 '윙크'를 모르는 신입 요양보호사를 곁에 두고 나는 다시 '윙크'를 했다. 윙크 어르신의 두 눈이 동시에 감기고, 몇 초 후 다시 눈을 뜨셨다. 물론 예전처럼 간격이 빠른 것이 아니라 눈을 감는 것도 눈을 뜨는 것도 느려졌지만, 여전히 어르신은 기억하고 계셨다. 우리 둘만 아는 '윙크의 추억'을!

　중증 치매 환자로 와상인 경우 어르신이 말을 못하고, 인지가 거의 없을 때 우리는 보통 듣는 기능도 사라졌다고 생각하기 쉽다. 경관식을 드시면서 항상 누워만 계시다가 가족들이 와도 누구인지 모르는데, 청각인들 정상이겠는가 싶을 것이다.

　십일 년 전, 갑작스레 죽음을 맞았던 막내 오빠의 장례를 마친 뒤 나는 엄마에게 면회를 갔다. 엄마는 무표정한 얼굴로 나를 쳐다보았다. 왼쪽에 편 마비가 온 엄마는 오른손으로 환자복 바지를 접고 계셨다. 치매 환자들이 흔히 하는 반복 행동. 나는 엄마가 키운 외손자의 사진을 엄마에게 보여드렸다. 하지만 엄마의 초점 없는 눈은 아무 데도 관심을 보이지 않았다. 손을 대면 베일 것처럼 엄마의 다리뼈는 앙상하게 드러나 있었다.

마침 친구에게 전화가 걸려왔다. 나는 정말, 아무 생각 없이, 아니 내 곁에 엄마가 있어도 없는 것과 마찬가지라는 생각으로 전화로 막내 오빠의 죽음을 친구에게 전했다. 순간 엄마의 몸이 움찔, 하고 움직였다. 나는 놀랐다. 설마, 아니겠지. 아닐 거야, 아니어야 해. 나는 면회를 마치고 엄마의 뺨에 입술을 댔다. 뺨을 타고 엄마의 눈물이 주르륵 흘렀다.

한깔끔 어르신은 원래 파킨슨병이 있었는데, 뇌경색이 와서 병원에 입원했다가 다시 요양원으로 오셨다. 병원에 가시기 전에는 떨리는 손으로라도 혼자 식사를 하셨다. 내가 가져다 드린 된장도 맛나게 드시곤 했다. 혼자서 화장실에도 가시고, 아침이면 세면실로 가서 얼굴과 손을 말끔하게 씻고 나오셨다. 얼마나 정갈한지 자신의 물건을 항상 정리 정돈해놓으셨고, 단발머리를 고수하시면서 흘러내리는 앞머리에는 언제나 핀을 얌전하게 꼽으셨다. 계절이 바뀌면 옷장에서 옷을 꺼내서 박스에 집어넣고, 안 입을 옷을 골라 버리기까지 하셨다. 워커를 끌고 천천히 운동도 하시고, 프로그램에 참여하여 이름을 쓰게 되는 경우가 생기면, 자신은 손이 떨려서 글씨를 못 쓰니 대신 써 달라고도 하셨다. 그런 어르신이 어느 날 아무도 못 알아보고, 말씀도 못하시게 되었다. 요양원 식구들 모두 충격이었다.

이제 한깔끔 어르신의 머리는 숏커트로 바뀌었고, 된장 찍어 밥을 먹는 대신 경관식을 드시게 되었다. 그래도 청각은 남아 있어서 기저귀를 갈 때 "어르신, 엉덩이 좀 들어주세요." 하면 엉덩이도 살짝 들어주신다. 우리 모두의 친구였던 한깔끔 어르신. 나는 어르신의 얼굴을 수건으로 씻기며 말을 건넨다.

"어르신, 저 기억하세요?"

어르신이 고개를 끄덕, 하신다. 나는 믿을 수 없어서 다시 묻는다.

"어르신이 저를 기억하시면 웃어보세요."

어르신은 갸름한 턱을 더 갸름하게 해보이며 환하게 웃으신다. 눈과 입이 동시에 웃음을 머금고 있다. 나는 너무 감동해서 어르신의 엉덩이를 툭툭 쳐 드린다.

"이렇게 예쁜 어르신을 누가 낳았어요?"

여전히 환하게 웃으신다. 그 웃음 때문에, 할 일을 잠시 접고 나는 어르신 옆에 오랫동안 서 있고 싶었다.

　젠틀맨 어르신은 진정 신사였다. 손목에 찬 시계를 보고 시각을 확인하고, 말씀은 별로 없지만 인지 능력이 있고, 요양보호사에게 필요 없는 말을 하지 않으시면서도 우리의 물음에는 아주 짧게 대답하셨다. 죽을 혼자서 잘 드시는 분이었는데, 어느 날 딸이 찾아왔다. 사위가 뇌출혈로 쓰러져서 중환자실에 실려 갔고, 딸은 돈과 관련된 일을 아버지에게 물어보았다고 했다. 그후로 말씀을 거의 안 하시고, 식사도 혼자서 못 드시게 되었다. 원래 마른 분이었는데, 충격적인 소식을 들은 뒤로 몸이 날로 야위어 갔다. 젠틀맨 어르신의 식사량이 눈에 띄게 줄어들었다. 겨우 목숨을 부지할 정도의 양만 드시는 것 같았다.

　어느 날 딸이 면회를 왔다. 마침 어르신들의 식사가 시작되자 딸은 아버지께 손수 식사를 드리고 가겠다고 했다. 어르신은 입을 전혀 벌리지 않으셨다. 누군가가 캔에 든 영양식을 딸에게 권했다. 아버지가 식사를 잘 못하시니까, 영양이 골고루 들어있는 영양식을 구입해서 아버지에게 드리면 어떻겠느냐는 것이다. 나는 액체로 된 영양식을 그릇에 조금 담아서 딸에게 줬다. 딸은 한 수저를 떠서 아버지 입에 넣어 드리려고 했다. 어르신은 입술을 꼭 다문 채 입을 벌리지 않으셨다. 그러자 딸은 그릇에 담긴

　　돌봄이 아니라 인생을 배우는 중입니다

영양식을 벌컥벌컥 단숨에 들이마셨다. 그런 뒤 아버지에게 인사도 없이 가버렸다. 나는 그 집안의 가족사가 어떤지 잘 모르지만, 아버지를 대하는 딸의 태도에 조금 화가 났었다. 나는 혹시나 하는 마음에 미음 한 수저를 떠서 어르신의 입에 갖다 댔다. 어르신은 감았던 눈을 조금 뜨셨고, 나를 물끄러미 바라보았다.

"어르신, 식사 조금만 하셔요, 네?"

젠틀맨 어르신의 입이 조금 벌어졌다. 나는 가슴이 마구 뛰었다. 심폐소생술로 누군가를 살린 것도 아닌데, 입을 벌려서 미음을 받아드시는 어르신이 너무 고마웠다. 어르신은 며칠을 버티지 못하고 결국 세상을 뜨셨다.

잉꼬 어르신은 키가 크고, 얼굴도 아주 잘 생기셨다. 일상적 대화는 불가능하지만, 간단한 대화는 가능했다. 잉꼬 어르신의 아내는 매일 남편의 면회를 온다. 어르신은 아내가 면회를 와서 다른 어르신들과 대화하느라 잠시 자리를 비우면 "얼른 와." 하면서 손짓을 하신다. 아내가 긴 면회를 마치고 가려고 하면 역시 "잘 가." 하면서 다시 손을 흔드신다. 이런 어르신에게 나는 "윙크." 하고 소리를 낸 후 한쪽 눈을 감았다. 잉꼬 어르신도 한쪽 눈을 찡긋하면서 웃으셨다.

"어르신, 할머니 오시면 이를 거예요."

"뭘?"

"어르신이 저에게 윙크하신 거요."

그러면 잉꼬 어르신의 표정은 개구쟁이처럼 짓궂게 변한다. 나는 다시 협박한다, 이를 거라고. 그러면 겨우 한마디 하신다.

"말하지 마."

다음 날 아내가 면회를 왔다. 나는 아내에게 어제의 상황을 설명하고, 어르신을 향해 윙크를 했다. 어르신은 멋쩍은 표정으로 아내를 바라보았다. 아내는 "괜찮아, 괜찮아. 윙크해도 괜찮아." 하시지만, 어르신은 아내 앞에서 절대로 윙크를 안 하신다. 아내가 가고 난 후 나는 다시 윙크를 시도했다. 어르신의 한쪽 눈이 살짝 감기고, 눈가에 주름이 부챗살처럼 퍼졌다.

젊은 어르신은 오른쪽 편 마비가 있고, 뇌경색으로 말하는 기능을 잃었다. 말은 못해도 의사 표현을 여러 가지로 하신다. 왼손으로, 고개짓으로, 말이라고 해도 좋을 만큼의 소리로. "어어어, 아어어아이⋯." 눈빛, 소리, 손으로도 무엇을 원하는지, 거부하는지 대충 알 수 있다. 한번은 나에게 핸드폰 충전을 해달라고 하셨는데, 알아듣는 데 십 분쯤 걸렸다. 그 다음으로 당신의 딸에게 전화를 걸고 싶다는 표현을 알아듣는 데는 더 오래 걸렸다. 결국 '사랑하는 딸'로 저장된 번호로 전화를 했지만, 딸은 끝

내 받지 않았다. 어르신은 그냥 딸의 목소리를 듣고 싶었을 뿐인 것 같았다.

어떤 프로그램에도 참석을 거부하시는 것으로 보아 비교적 젊은 나이—칠십 대 중반—에 쓰러져서 편 마비가 오고, 말을 할 수 없는 상황에 이르는 현실을 어르신은 받아들이기 힘들었을 테다. 건장한 체격에 한창 활동할 수 있을 나이이니 말이다. 그래서 그런지 얼굴에 표정이 없다. 하지만 나는 안다. 그분이 언제 웃는지. 어느 때 씨익, 웃는지.

어느 날 기저귀를 가는데 그분의 덩치에 걸맞게 변을 엄청 많이 보셨다. 치우는 데 한참 걸렸고, 윗옷까지 소변으로 젖어 있어서 기저귀를 갈고 나서 윗옷마저 갈아입혀 드렸다. 그리고 난 후 어르신을 눕혀 드리고 나는 이불을 덮어 드린 뒤 양팔을 이불 밖으로 빼 드렸다. 그런 다음 다시 가슴께로 이불을 올려서 덮어 드리고, 어깨를 꾹꾹 누른 후 토닥토닥. 피부가 유난히 검고 이목구비가 커서 인상이 강해 보이는 분. 그런 분이 씨익, 입술을 치켜올리며 웃으신다. 아시는 것이다. 내가 자신에게 정성을 다하고 있다는 것을, 그래서 기분이 좋다는 것을.

그 외에도 젊은 어르신이 웃는 경우를 또 보았다. 얼굴을 씻겨 드리고, 손을 닦을 때 손가락 사이사이까지 빡빡 닦아 드린 후 그분의 양손을 꼬옥 잡아 드릴 때, 고맙다고 웃으신다. '네 마음 내가 다 알아, 고마워.' 눈에 그렇게 쓰여 있었다.

　이론적으로 설명하기 어려운 일들이 일어난다. 우리의 상식이 깨지고, 예측이 빗나가고, 상상을 벗어난 일들이 치매 어르신에게 일어난다. 우리는 함부로 예단하고 있지는 않았는지 생각해볼 일이다. 우리 원장님은 늘 이렇게 얘기하신다.

　"이곳에 오신 모든 어르신은 우리들에게 돌봄을 받을 권리가 있다."

　나도 그렇게 생각한다. 그리고 덧붙이자면 우리들이 가진 치매 환자에 관한 부정적 사고가 지나친 편견의 소산이 아닌가 다시 한 번 생각해볼 일이다.

　사람과 사람끼리 다투는 일의 대부분은 나의 방식으로 상대방을 보기 때문에 생긴다. 내가 살아오며 획득한 생활방식과 가치관과 지식이 무조건 옳다는 생각에 상대방이 그르다고 판단하게 된다. 나 역시 예외는 아니다. 내가 틀릴 수도 있다는 생각을 하면서도, 나도 자주 내 신념을 상대방에게 관철시키려고 애를 쓴다.

　나의 사랑스러운, 가끔은 야속하기도 한 어르신들이 내게 보여준 기적은 어쩌면 앞으로도 자주 일어날 수 있을 테다. 당신들의 하루는 기적과도 같으니까. 어쩌면 우리가 살아내는 하루하루가 모두 기적일 수도 있으니까. 우리는 기적 같은 하루를 함께 살고 있는 것이다.

요양원과 요양병원의 차이를
아시나요?

고백하자면 나도 요양원에서 근무하기 전까지 거리 곳곳에 있는 요양원과 요양병원이 어떻게 다른지 몰랐다. 몇 년 전 지인의 시어머니가 요양병원에 입원해 계시다기에 병문안을 간 적이 있다. 한 병실에 여섯 분의 환자가 입원해 있었고, 여섯 분의 환자를 조선족인 듯한 간병인이 돌보고 있었다. 요양병원에 있는 환자들 대부분은 인지 능력이 있어서 그런지 휴게실에 모여서 담소도 나누고, 간식도 드시고, 의료진의 허락하에 외출도 가능했다. 아, 요양병원이란 이런 곳이구나. 그 정도, 내 관심은 딱 거기까지였다.

물론 자기 분야가 아니기 때문에 모를 수도 있다. 굳이 알 필요가 없기 때문에 알려고 하지 않을 수도 있다. 모르고 살아도 되는 일이라면. 요즘은 우리에게 닥친 고령사회의 심각함에 대해서 누구나 알고 있다. 그리고 어쩌면 우리의 부모와 우리도 이 문제에서 자유로울 수 없는 지점에 서 있는지 모른다.

그래서 알고 싶어졌다. 우리 요양원과 같은 건물에 있는 요양병원의 간판을 매일 보면서도 그 차이에 대해 한 번도 생각해본 적이 없는 나를 위해, 내 주변의 사람들을 위해, 부모님의 노환에 대해 신각하게 고민하고 있을 누군가를 위해 요양보호사의 위치에서, 딱 그만큼만 알리고자 한다.

요양원과 요양병원의 차이

두 시설의 차이를 한마디로 말하면 요양원은 '돌봄'이, 요양병원은 '치료'가 목적이라고 말할 수 있다.

요양원은 노인복지법과 의료법의 적용을 받아 6개월 이상 혼자서 일상생활을 수행하기 어렵다고 인정되는 어르신의 돌봄을 목적으로 하는, 말 그대로 요양시설이다. 좀 더 구체적으로 보자면 요양원은 65세 이상 노인이 장기요양등급을 받으면 입소할 수 있다. 물론 65세 미만이어도 노인성질환—치매, 뇌혈관성질환, 파킨슨병—을 앓고 있는 사람이면 장기요양등급을 받아 요양원에 입소할 수 있다.

이에 비해 요양병원은 '치료'가 목적이기 때문에 65세 이상이 아니어도 노인성질환, 만성질환자, 외과적 수술 또는 상해 후 회복 기간에 있는 환자를 입원 대상으로 하고 있다. 치매환자인 경우 요양원으로 입소하는 경우가 대부분이지만, 치매환자인데 위급한 상태에 빠질 위험이 있거나 동반 질환에 대한 빈번한 의학적 검사나 진찰이 필요하고, 이상 행동이 심해서 약물 조정이 수시로 이루어져야 하는 경우 그리고 재활의학 전문의에 의한 전문 재활이 필요한 경우에는 요양병원에 입원하게 된다.

이에 따라 요양원은 간호사, 사회복지사, 물리치료사 또는 작업치료사와 요양보호사 등이 주요 제공 인력으로 상주한다. 이에 비해 요양병원은 의사, 간호사, 물리치료사, 사회복지사 등이 서비스 제공 인력으로 상주한다. 하지만 이러한 점 때문에 사람들은 요양원에 갈 수밖에 없음에도 불구하고 요양병원을 고집하기도 한다. 이에 대한 대안으로 요양원은 월 2회 촉탁의가 오고, 가정간호사가 수시로 방문하여 콧줄이나 소변줄을 교체해주고 있다.

실제로 요양원과 요양병원을 선택하는 데 있어 중요한 차이 중 하나가 본인 부담금이다. 두 시설 모두 장기요양등급을 받은 이들의 경우 본인 부담금은 20퍼센트로 국가에서 80퍼센트를 지원해주는 것은 동일하다. 하지만 실제 본인 부담금은 요양병원이 훨씬 비싸다. 그 이유는 간병비 때문이다. 요양원에서는 시설이 요양보호사를 직접 고용해서 어르신들을 돌보기 때문에 간병비를 따로 부담하지 않아도 된다. 하지만 요양병원은 간병인을 직접 고용하지 않고 위탁해서 운영을 하기 때문에 간병비는 보호자의 부담이다.

우리나라는 노인장기요양보험제도가 실시된 지 겨우 12년을 넘기고 있는 상황이라 아직 선호도나 인지도 면에서 부족한 점이 많다. 이에 반해 대부분의 선진국에서는 의료복지제도의 역사가 우리보다 길기 때문에 요양원에 대한 인식이 긍정적이다. 의료정책연구소의 자료에 따르면 요양원 입소자의 30퍼센트는 의학적 치료가 필요하고, 요양병원 입원 환자의 50퍼센트는 병원 서비스가 크게 필요하지 않다고 한다. 그 이유는 요양원과 요양병원의 역할 구분이 불분명하기 때문이다. 따라서 보호자들은 돌봄이 필요한 어르신의 상태를 정확히 판단하고, 그에 적절한 시설을 이용하는 것이 중요하다.

노인장기요양보험과 관련된 자세한 사항은 "국민건강보험 내 노인장기요양보험 홈페이지(http://www.longtermcare.or.kr/npbs/index.jsp)"를 참조하시기 바란다.

2부

돌봄이 아니라
인생을 배우는 중입니다

요양보호사라는 직업이 백세시대에 걸맞은 실버 일자리임
에는 틀림이 없다. '노인을 덜 늙은 노인이 돌보는 시대'가
되었고, 덜 늙은 우리들은, 산전 수전 공중전을 다 겪어낸
우리들은, 모여서 다투고 어울리면서 어르신들처럼 함께 늙
어가는 것이다. 함께 늙어가기 때문에 그들의 노화와 신체
적 고통과 정신적 방황에 대한 이해가 가능한지도 모른다.

적응이 힘든 그들에게
대화와 스킨십을

가족 중에 치매 환자가 생기면 그때부터 환자는 의존, 보호자는 책임의 관계에 놓인다. 그것도 바닥이 없는 나락으로 떨어지는 고통을 동반한. 완치가 불가능한, 스물네 시간을 환자 곁에서 함께 있어야만 하는, 수많은 변수로 인해 수시로 사건이 벌어질 수 있어 잠시도 방심해서는 안 되는 그런 관계가 언제 끝날지도 모른다는 막막함을 단지 가족이기 때문에 짊어져야 한다면 그것은 환자와 보호자 모두에게 불행일 것이다.

어떤 가족이든 모두 사연이 있게 마련이지만, 엄마와 나는 일반적인 가족과는 많이 다른 관계였다. 치매가 시작된 이후 엄마의 실질적 보호자인 나 혼자 엄마를 감당하는 것이 너무 힘들어서 가끔 막내 오빠에게 엄마의 저녁 시간을 맡겨보기도 했다. 하지만 오빠는 자주 술에 취해 있었고, 엄마를 돌본다기보다는 나와 남편이 오기 전까지 그저 곁에 있어 주는 것이 전부였다. 집으로 돌아가는 오빠에게 택시비를 쥐여 주면 의기소침한 오빠는 어둠 속으로 비틀거리며 걸어가곤 했다. 그때 난 엄마와 '동반 죽음'을 생각했었다. 엄마도 나와 같은 심경일 거라는 생각이 오빠가 시야에서 사라질 때까지 멈추지 않았다.

나는 엄마를 요양원에 입소시키기 전까지 이 년을 치매 엄마와 살았다. 엄마는 한쪽 눈의 시력이 사라지고, 인지 능력이 사라지고, 점점 언어 능력마저 사라졌다. 그런 엄마를 집에서 돌보는 것은 더 이상 불가능했다. 불가능하다는 걸 알면서도 아파트 바로 옆에 생긴 요양원으로 엄마를 입소시키는 일이 쉽지는 않았다. 그래서 나는 지금도 요양원에 부모님을 맡기고 돌아서며 안쓰러운 눈빛을 주고받는 사람들을 보는 것이 참으로 힘들다.

모든 익숙했던 것들과 작별하는 어르신들이 치매라고 해서 낯섦을 못 느낀다고 생각하면 안 된다. 표현을 못할 뿐이지, 그들의 몸과 마음, 모두 어쩌면 그 낯섦에 주눅이 들었을지도 모른다. 보호자는 어떤가. 아, 나의 엄마가 남기고 간 물건들, 이젠 다 쓸모없어진 그 물건들에 묻어 있는 엄마의 습관들, 흔적과 체취를 완벽히 지워버리는 일이 내게는 너무 힘들었다. 나는 새로 입

돌봄이 아니라 인생을 배우는 중입니다

소하시는 어르신과 보호자를 대할 때마다 그때의 기억을 떠올리며 역지사지하려고 한다.

요양원에 입소한 지 채 한 달이 안 된 남자 어르신. 죽을 고비를 넘기며 네 차례나 수술을 하셨다고 한다. 뇌경색으로 말초신경부터 조절이 안 되어 혼자 힘으로는 어떤 것도 할 수 없는 상태다. 불행인지 다행인지 모르겠지만, 그분의 인지 능력과 언어 능력은 아직 많이 남아 있다. 79세의 할머니 보호자가 오 년을 수발하다가 본인도 병이 들어 더 이상 남편의 병시중을 들 수 없게 되었단다. 그런 연유로 어르신은 요양원에 입소하게 되셨던 것이다.

어르신을 만나기 전 우리는 인수인계를 통해서 어르신의 상태에 대해서 보고를 받았다. 원장님은 "새로 오신 분들에게 말 한마디라도 다정하게 건네라."고 당부하셨다. 원장님의 당부가 아니어도 우리는 그분들의 낯섦을 이해하고, 새로운 곳에 익숙해지도록 도울 의무가 있다는 걸 안다.

"어르신, 고향이 어디세요?"

"이북이야."

말투가 단답형인 건 성격일 수도 있다. 하지만 말하기 싫다는 심리의 표출일 수도 있다. 어르신과 가까워지려면 공통분모를 찾아야 한다.

"어머, 우리 부모님도 이북인데, 황해도 해주, 신천이요."

"그래? 난 연백이야. 아주 가까운 동네지."

자신감을 얻은 나는 한 발 더 들어간다.

"편찮으시기 전에는 무슨 일을 하셨어요?"

"쌀장사. 그거 해서 돈 많이 벌었어."

"아하, 그러셨구나. 어르신이 집에서 오 년간 계셨으면, 할머니가 참 힘드셨겠어요."

어르신 눈가에 금세 촉촉한 물기가 번지고 말투는 한결 부드러워진다.

"우리 할멈, 천사야, 천사. 아무렴, 천사고말고."

"그럼 이제 그 천사도 좀 쉬라고 하시면 되겠네요."

이 정도의 대화로 쌀집 어르신이 낯섦에 적응을 한다면, 우리는 얼마나 수월한 직업에 종사하는 것이겠는가.

하루 종일 쌀집 어르신의 호출벨은 멈출 줄 모른다. 허리가 아프니 침대를 내려 달라, 십 분 후 호출하여 다시 앉혀 달라고 하신다. 곧이어 다시 호출, 허리가 아프니 파스를 붙여 달라, 또다시 호출하여 등이 가려워 죽겠으니 어떤 조치 좀 해줘라…. 이러한 모든 요구를 백번 이해하고, 마땅히 들어드려야 하는 게 우리의 임무인 것을 어쩌겠는가. 그런데 들어줄 수 없는 부탁까지

하신다.

"내가 얼마를 주면 우리집에 전화를 해주겠소?"

요양원에 온 지 채 이틀도 안 되었는데 전화를 걸어 달라고 조르기 시작하셨다. 관리자에게 보고한 후 할머니와 가족들이 유리문을 사이에 두고 대화를 한다. 코로나 19로 가족과의 면회가 금지되어서 유리문을 사이에 둔 채 핸드폰으로 통화를 했다. 할머니는 '당신이 좋아하는 연어초밥 사 왔으니 맛있게 드시라'고 말씀하신다. 오 년 넘게 불편한 몸으로 할아버지 수발을 들었고 이제 더 이상 그렇게 할 수 없게 된 현실이 안타까운지 유리문 너머의 할머니가 손수건으로 눈물을 찍어내신다. 돌아서면서도 손으로 연거푸 '바이바이'를 하신다. 가족들이 사라질 때까지 그 자리에서 꼼짝도 안 하시던 쌀집 어르신, 돌아와서 연어초밥 한 판을 맛나게 다 드셨다.

이것은 시작에 불과했다. 이틀이 멀다 하고 '연어초밥'이 날아왔다. 호출벨은 밤낮을 가리지 않고 울린다. 만약에 조금이라도 늦게 뛰어가는 날엔 쌀집 어르신의 논리정연한 잔소리가 이어진다.

"당신들 존재 이유가 뭐야. 환자들의 요구를 그때그때, 친절하게 들어줘야 하는 것 아닌가? 나는 몸이 불편한 사람이야. 그래서 여기에 왔고. 당신들은 그런 일을 하고 월급 받는 거 아닌가 말이야?"

다 맞는 말이다. 하지만 야간에는 요양보호사 네 명이 서른여덟 분을 돌봐야 한다. 그러려면 기계처럼 분, 초 단위로 호출에 맞춰서 달려갈 수 없는 경우가 허다하다. 쌀집 어르신은 수십 년간 함께 산 할머니와는 말을 주고받지 않아도 무엇이 필요하고 어떤 부분이 불편한지 금방 해결이 되었지만, 요양원에서는 당신의 마음처럼 되지 않는 것이 짜증나고, 불편하고, 힘드셨을 테다.

쌀집 어르신이 오신 지 보름쯤 되었을까. 혼자서 휠체어를 타고 가시는 뒷모습을 보고 나는 가만히 다가가서 밀어드렸다. 물리치료실, 간호사실, 프로그램실, 요양보호사실, 이불·베개·수건 등을 보관하는 린넨실을 두루 돌아다니면서 설명을 해드렸다. 그리고 쌀집 어르신의 눈높이에 맞도록 몸을 낮추고 앉아서 눈을 응시했다.

"나는 말이야, 그동안 많이 베풀고 살았어. 조카가 아일랜드로 유학 가 있는 동안 매달 이백만 원씩 오 년을 보냈고, 주변에 친척들이 어렵다고 하면 다 도와줬어. 그런데 나는 네 번이나 죽을 고비를 넘겼거든. 그때마다 하나님이 나를 살려주셨어. 무슨 이유가 있겠지, 하고 기다리는 중이야. 근데 나는 내 인생에서 지금이 가장 불행해."

'지금이 가장 불행해'라는 말이 가슴에 꽂혔다. 나는 위로의

돌봄이 아니라 인생을 배우는 중입니다

말이 떠오르지 않았다.

"어르신, 어르신은 신을 믿으시잖아요. 그럼 지금이 가장 불행하다는 말을 하시면 안 될 것 같은데…. 왜냐하면 어르신이 믿는 그분이 어르신에게만 시련을 주시는 것도 아니고, 네 번이나 살리신 데도 이유가 있듯이, 이제부터 홀로서기를 하라고 이곳에 보내신 것도 다 그분의 어떤 뜻이 있어서가 아닐까요?"

"그래서 내가 지금 그분의 응답을 기다리는 중이야."

쌀집 어르신은 아직도 새롭게 주어진 상황을 받아들이지 못하고 계신다. 나는 그분을 뵐 때마다 손을 꼬옥 잡거나, 가벼운 포옹을 해드린다. 꼭 잡은 손과 가벼운 포옹 안에 담긴 이름 붙이기 어려운 따뜻한 감정들이 쌀집 어르신의 가슴에 전해지길 기대하면서.

지난 일요일 아침, 쌀집 어르신은 새벽부터 호출벨을 수십 번 눌러대셨다. 몇 번이고 쫓아가서 침대를 내렸다 올렸다 수차례 반복했다. 그리고 또 벨이 울렸다.

"불알이 터질 듯이 아파. 너무 아파서 죽을 것 같아."

나는 간호사에게 전화를 걸었다. 소변을 한 시간 반 전에 충분히 누셨기 때문에 배가 불룩하지 않았다. 배 마사지를 하고 핫팩을 대어 드리라는 지시를 받았다.

"나 119 불러줘, 제발. 나 죽을 것처럼 아파."

그때 팔 년차 요양보호사가 알코올 솜을 가져와서 사타구니를 닦아 드렸다. 이어서 배를 살살 문질렀더니, 소변이 폭포 물줄기처럼 쏟아졌다. 그렇게 쌀집 어르신의 '불알 사건'은 막을 내렸다. 나중에 들으니 쌀집 어르신은 진짜 아프기도 했지만, 병원에 입원하게 되면 가족들을 매일 만날 수 있다는 기대를 하며 119를 불러 달라고 하셨단다.

사람에 따라 금세 마음을 주고 친해지는 경우도 있지만, 친해지기까지 꽤 긴 시간이 필요한 경우도 있다. 파킨슨병을 가볍게 앓고 있지만, 모델급 몸매를 자랑하는 70세의 여인. 호칭을 어떻게 불러야 할지 애매한 그녀가 바로 그런 경우다. 틀림없이 노인인데, 그렇다고 '어르신'이라고 부르기에는 어딘가 께름칙한. 노인인권조항에 따라 '어르신'이라고 부르고는 있지만 나는 종종 그분의 이름 자에 '씨' 자를 붙여 불러본다. 'OO 씨'라고. 그렇게 부르면 방긋 웃으며 돌아서는 우리의 슈퍼모델. 이분 역시 몇 개월 전까지는 그림자처럼 사셨다.

슈퍼모델의 하루는 양치질로 시작한다. 밥을 드시기 전에 양치를 하고, 세수를 한 후에 아주 오랫동안 정성을 들여 화장을 한다. 눈화장에 립스틱까지 바르고 머리를 빗어 단장을 모두 마친 뒤 식사를 한다. 그런 다음 복도를 왔다갔다 하면서 가벼운 유산소 운동을 한다. 운동을 마치면 텔레비전을 본다. 다시 식사 후 운동, 텔레비전 시청. 누군가 말을 시키면 아주 작은 소리로 "네." 그러면 그만이다.

'우는 아이 젖 준다'고 요양보호사들은 아무래도 와상 어르신이나 자주 호출벨을 누르는 어르신을 한 번이라도 더 들여다보기 마련이다. 전혀 울지 않는ㅡ우리의 도움을 필요로 하지 않는ㅡ슈퍼모델에게 나는 조금 미안했다. 어느 날, 나는 슈퍼모델의 침대 위에 걸터앉아서 이것저것 여쭤보았다. 남편은 언제 돌아가셨느냐, 자식은 몇이나 있고, 언제부터 파킨슨병이 생겼느냐 등등. 뜻밖에도 슈퍼모델은 자신의 이야기를 스스럼없이 다 털어놓으셨다. 나는 휴대폰에 있는 우리집 고양이들 사진을 보여드렸다. '궁디팡팡'과 '하악질'과 '그루밍'에 대해서 자세히 설명해드렸다. 우리의 슈퍼모델이 까르르 소리를 내며 웃기 시작했다.

설 명절이 다가오기 며칠 전, 나는 야근을 하고 아침회의에 참석하기 위해 슈퍼모델의 방문 앞을 막 지나갈 때 속삭이듯 내게 물으셨다.

"선생님, 오늘 몇 시에 퇴근하세요?"

"아마도 회의 시간이 끝나는 대로니까 9시 30분? 왜 물으세요? 뭐 부탁하실 거 있으세요?"

슈퍼모델은 아무것도 아니라면서 방으로 들어가셨다. 퇴근

준비를 하고 나오는데, 슈퍼모델이 내 주머니에 무엇인가를 얼른 집어넣고는 내 등을 가볍게 밀었다. 뒤에 요양보호사들이 여러 명 따라 나오길래 나는 확인할 사이도 없이 엘리베이터에 올랐다. 내려와서 보니 조그만 쪽지에 만 원짜리 한 장을 곱게 접어 넣어두셨다.

"선생님, 얼마 안 되지만, 명절에 맛난 거 사드세요."

돌봄이 아니라 인생을 배우는 중입니다

섞여 보니 섞여지더라

요 몇 달 사이 신입 요양보호사들이 네 명 정도 입사했다. 내가 다니는 요양원은 개원한 지 칠 년 정도 됐는데 요양보호사의 80퍼센트가 육 년 이상 된 고참들이다. 내가 입사했을 때는 삼 년 가까이 신입이 들어온 적이 없어서 그랬는지 나만 빼고 잘 돌아가는 기계 같았다. 이십 년 넘게 사회생활을 했지만 조직에 적을 둔 적이 없었던 나는 여자들만의 독특한 세상을 몰랐다. 더군다나 요양보호사들 특유의 문화 역시 이해하지 못했다. 책으로 세상을 배웠고, 논리로 시시비비를 가렸던 나의 세계는 매일매일 통렬하게 깨지고 무너졌다. 육 년 이상 함께한 사람들만이 공유할 수 있는 '그들만의 리그' 안에 내가 들어설 자리는 없어 보였다. 나는 자꾸 무력해지고, 깨지고, 넘어지고, 상처받으며 매번 다른 요양원에 이력서를 넣고 면접을 보러 다녔다.

"선생님, 화초도 이 화분에서 저 화분으로 옮겨 심으면, 다른 화분에서 뿌리를 내리기까지 고난이 있어요. 하물며 사람이야 말해 무엇하겠어요? 선생님이 살았던 세상을 떠나 요양원이라는 세상에 발을 디뎠으니, 참 힘들고 버겁겠지요. 그래도 참아봐요. 여기도 사람 사는 세상이잖아요."

내가 사직 의사를 밝힐 때마다 원장님은 내 등을 토닥거리면서 가볍게 포옹을 해주셨다. 돌아보면 가벼운 포옹 안으로 스며들던 따뜻한 위로의 말들이 나를 이곳에 뿌리내리게 만들었던 듯싶다.

신입들이 적응해가는 모습도 각양각색이다. 능청스러움, 묵묵함, 친절함으로 무장하기, 너는 혼내라 나는 힘낸다, 뭐 이런 식이다. 신입 중에는 경력자도 있지만, 초짜도 있다. 하지만 그들 네 명에겐 공통점이 있다. 내겐 없었던 것. 바로 섞이려는 자세. 무조건적인 추종 같은 것. 그런 것이 보인다. 내게는 이 년 넘게 찾아오지 않았던 것들. 이제야 그것이 보이기 시작한다.

삼 년 전, 나는 어르신들을 돌보면서 의욕이 앞섰다. 모든 어르신이 가여워 보였던 모양이다. 그분들이 불쌍하고 힘들어 보여서 무한정 애정을 쏟으면 되는 줄 알았다. 어르신들이 요구하는 것은 무조건 들어 드리고 싶었다.

새벽 3시쯤, 한 어르신이 엉금엉금 기어서 내가 쉬고 있는 방의 문을 두드렸다. 내가 불을 켜고 있으니까 그 불빛을 따라오신 모양이다. 나는 어르신과 조용조용히 대화를 나누었다. 이 어르신은 지남력이 없어서 과거의 이야기를 현재형으로 얘기하고 계셨다. 그때 방문이 벌컥 열리고, 함께 근무하는 팀장이 조용하지만 단호한 말투로 지적했다.

"지금이 몇 시인데, 어르신과 이야기를 나누고 있어요? 지금 정신이 있는 거야 없는 거야?"

나는 그게 왜 문제가 되는지 이해할 수 없었다. 잠 잘 시간에 불을 켜고 있어서 발생한 문제라고 이야기하는 것도 그때는 이해할 수 없었다.

밥을 새 모이만큼 드시는 체구가 아주 작은 어르신이 계셨다. 그분 역시 지남력이 없어서 아무 때나 밥을 달라고 조르셨다. 나는 그분이 배고프다고 하면 시간과 상관없이 간식을 드려야 한다고 생각했다. 그날도 새벽 4시가 넘어서였나? 워커를 밀며 그분이 나오셨다. 다른 요양보호사와 야간 근무 중이었던 나는 그분의 "배고파, 밥 좀 줘." 하는 말에 내 옆에 앉게 한 뒤 빵과 요플레를 섞어서 드렸다. "고마워요." 하시면서 새 모이만큼씩 떠서 드셨다.

"선생님, 어르신이 배고프다고 아무 때나 먹을 것을 드리면 버릇돼요."

나는 강하게 반발했고, 어르신은 그 요양보호사를 향해 욕을 해대기 시작했다.

요양보호사들끼리 감정 싸움을 하게 되는 것은 일과 관련된 데서 시작된다. 너무나 사소해서 미쳐버릴 것 같은 사소한 일들로 우리는 서로를 자극하게 되고, 결국 적대적 관계로까지 확대되고 만다. 이해라는 것, 상대방을 이해한다는 것은, 우주를 껴안는 일만큼 어려운 모양이다. 살아온 방식과 가치관, 인생관, 종교, 심지어 정치적 성향까지 다른 사람들이 한 곳에 모여서 생활하다 보면 자신이 옳다는 생각에 사로잡혀, 상대방을 자기 기준에 맞추어 바꾸려고 한다. 자신을 바꾸지 못하는 것은 깨닫지도 못한 채.

야간 근무 중에도 휴식 시간은 있다. 그날도 나는 기저귀 돌봄을 마치고 몹시 목이 말랐다. 마침 원장님이 어르신들 간식으로 사다 놓은 귤이 생각나서 네 개를 집어와 같이 먹자고 한 것이 다툼의 발단이었다. '어르신들 간식에 손을 대는 것이 옳은 일이냐? 결코 있을 수 없는 일이다.' 뭐 이런 논리였다. 나는 '원'

장님이 사다 놓은 것이므로 직원이 몇 개 먹을 수도 있는 것 아니냐?'고 하며 우겼다. 결국 고참 요양보호사의 입에서 나온 말은 나의 감정을 자극했다.

"귤을 가져다 먹은 것은 절도죄에 해당해요."

"그럼 당장 신고하세요!"

물론 지금은 나의 실수를 깨닫고 선배 요양보호사와는 화해했지만, 너무나도 사소한 '귤 사건'으로 나는 또 트러블 메이커가 되고 말았다. 지금 만약 똑같은 일이 벌어진다면 나는 이렇게 말할 것이다.

"선생님, 미안해요. 제가 생각이 짧았네요. 다시 가져다 놓을게요."

요양원에서 요양보호사의 일정은 규칙적이다. 지금은 나도 그 규칙대로 성실하게 근무 시간에 맞춰서 일한다. 예를 들면 오후 2시에 기저귀 돌봄이 동시에 들어가는데, 초보 시절 나는 오 분 먼저 어르신 방에 들어가 혼자서 기저귀를 갈았다. 그때는 일을 배우고 싶은 욕심이 컸고, 무엇보다 요양보호사들이 모여서 하는 이야기에 끼어들 여지가 없어 보였기 때문이기도 했다. 육 년을 함께 한 그들은 서로에 대해 너무 잘 알았고, 내가 해보지 않은 살림에 대한 주부들만의 이야기가 날마다 넘쳐났으니 소외감

마저 들었다. 그런데 이 역시 지적을 당했다. 해서 오 분 늦게 일을 시작하는 것이 문제가 되어야지, 남보다 오 분 먼저 일을 시작하는 것이 왜 문제가 되느냐로 언성을 높였던 적도 있었다.

나는 고립을 자초하는 싸움닭이 되어 있었다. 외로우니까 조금이라도 내게 친절을 베푸는 사람에게 내 감정을 쏟아부었다. 그 친절이 진심이라고 믿고 싶었다. 친절에 기대어 고립을 피하고 싶었다. 그러나 뜻대로 되지 않았다. 그렇게 모난 돌은 정을 맞으면서 닳아가고 있었다. 시간은 거칠게 흘러갔고 나도 어느덧 '고참'의 대열에 끼어 있었다. 이제 나는 쉬는 시간이 빠르게 흘러가는 것을 안타까워하며 그들의 수다에 합류한다. 직장생활의 노하우가 생긴 셈이다.

며칠 전 요양보호사 교육원에서 만나 알고 지내는 친구와 오랜만에 밥을 먹었다. 교육원 시절 벤츠를 타고 다닌다고 해서 벤츠 언니라 불렸던 한 언니는 교육생들에게 늘 말했다고 했다.

"다른 사람은 요양원에 취업을 해도, 쟤(나)만은 절대로 요양원 생활 못할 거야."

밥을 먹는 내내 친구는 감탄을 연발한다.

"너 맨날 울면서 전화하더니 용케도 잘 버텼네. 나라면 못했을 거야. 장하다."

돌봄이 아니라 인생을 배우는 중입니다

나는 밥값을 내면서도 기분이 무척 좋았다. 나는 장한 일을 한 게 없다. 나라를 구한 것도 아니고, 자원봉사를 한 것도 아니기 때문이다. 모든 직장인들은 애로 사항이 있을 것이다. 고위공직자든, 사회지도층 인사든, 국회의원이든, 경비원이든, 환경미화원이든 지위 고하를 막론하고 직장생활이 힘든 것임에는 틀림없다.

내가 삼 년 전 요양원 면접을 다녔을 때 면접을 보던 원장님들의 공통된 요구 사항이 있었다.

"요양원에 들어오면 첫째도 둘째도 셋째도 요양보호사들과 다툼이 있어서는 안 됩니다. 그게 제일 중요해요."

그때는 몰랐다. 그 말의 진정한 의미를. 그들과 섞이는 일이 보통 어려운 일이 아니라는 것을.

신입들에게서 내 모습을 본다. 서툴고 어설펐던 행동과 적응하기 위해 애썼던 모습들. 나의 따뜻한 말 한마디가 그들이 정착하는 토양이 되고, 햇빛이 되고, 물이 되고, 바람이 되어줄 것을 안다. 그럼에도 불구하고 나도 모르게 모진 말들이 앞선다.

"선생님, 이게 왜 이해가 안 돼요. 일지 안 써 보셨어요?"

나도 삼 년 전 그때의 고참들과 다를 바 없는 사람이다. 그때는 틀렸고, 지금은 맞다는 논리는 어불성설이다. 금방 후회를 하고 자책을 한다.

"선생님, 나도 지금처럼 적응하기까지 힘들었어요. 그런데요, 입장을 바꿔 생각해보세요. 선생님이 못 따라오면, 다른 선생님들은 일이 늦어지게 되고, 그러면 얼마나 불편하겠어요. 선생님이 따라오려고 노력하지 않으면 안 되는 이유예요. 아까 한 말은 미안했어요."

우리 사회에서 요양보호사를 비하하는 건 우리가 감내해야 할 우리의 몫이다. 요양보호사라는 직업이 백세시대에 걸맞은 실버 일자리임에는 틀림이 없다. '노인을 덜 늙은 노인이 돌보는 시대'가 되었고, 덜 늙은 우리들은, 산전 수전 공중전을 다 겪어낸 우리들은, 모여서 다투고 어울리면서 어르신들처럼 함께 늙어가는 것이다. 함께 늙어가기 때문에 그들의 노화와 신체적 고통과 정신적 방황에 대한 이해가 가능한지도 모른다.

우리가 일하는 빌딩에는 요양원이 두 곳 있다. 야간 일을 마치고 아침에 퇴근하다 보면 엘리베이터에서 다른 요양원의 요양보호사들을 만나게 된다. 인사를 나누지 않아도 서로를 알아본다. 야간 근무의 고단함이 얼굴 곳곳에 묻어 있는, 어르신들보다 조금 덜 늙은 우리들은 같은 공간에서 또 이렇게 섞이게 되는 것 같다.

돌봄이 아니라 인생을 배우는 중입니다

이론과 실전 사이

나는 꽤 오래전에 지게차 운전기사를 직업으로 삼은 적이 있다. 지금은 그리 특별한 일도 아니지만, 당시에 여자가 지게차나 포크레인 기사를 업으로 삼는 경우는 흔치 않았다. 처음 취업한 곳은 건설 현장. 십 톤 지게차를 몰고 건설 현장에 있는 물건들을 옮기거나, 트럭에 있는 화물을 상하차하는 작업을 주로 했다.

한번은 철제 직사각형 와이어가 쌓여 있었는데, 그 물건을 옮기는 작업이었다. 나는 포크를 와이어가 쌓여 있는 나무 팔레트 밑에 넣고 들어올리려는 순간, 카운터웨이트(지게차 앞에 달린 포크가 들어올릴 만큼의 무게를 지게차 뒤편에 달아서 균형을 유지하는 장치)보다 들어올려야 할 와이어가 더 무겁다는 것을 몸으로 느꼈다. 들고자 하는 물건의 무게가 카운터웨이트보다 가벼워야 짐을 들어서 옮길 수 있다. 나는 운전석에 앉아서 수신호를 맡은 사람에게 말했다. 이건 들 수 없다고. 그때 여기저기서 나에게 쏟아지던 원성의 공통점은 '책에서 배운 내용대로 현장에서 써먹으면 일을 제대로 할 수 없다. 십 톤짜리 지게차여도 현장에서 일하다 보면 십일 톤을 들 수도 있다. 이론과 실전은 다르다.' 대략 이런 내용이었다. 나는 오기가 나서 포크를 밀어 넣고 물건을 들어올렸다. 순간 무게의 중심이 앞으로 쏠리면서 지게차의 뒷부분이 위로 솟구쳤다. 운전석에 있던 나는 앞으로 엎어졌고, 겹겹이 쌓여 있던 와이어는 와르르 무너져 내렸다. 다행히 나만 조금 부상을 입었을 뿐 더 큰 사고로 이어지진 않았다.

그렇다고 그때 현장 사람들의 말이 전적으로 틀렸다는 건 아니다. 인생을 살다 보면 책에서 배운 대로만 해서는 안 되는 일들이 헤아릴 수 없이 많다. 그때 나는 초보 지게차 기사였다. 하지만 물건을 조금 올리는 순간, '이건 안 되겠다'는 느낌을 받았고, 그래서 안 되겠다고 말했다. 이에 현장에서 뼈가 굵은 그들에게 나의 '안 되겠다'는 초보의 엄살로 비쳤던 것이고, 이에 질세라 감정적으로 오기를 부려 사달이 난 경우였다. 그렇다. 이론과 실전이 항상 같을 수는 없다. 하지만 감정적으로 실전에 대응한다면 사달이 난다는 뼈아픈 교훈을 얻을 수 있었다.

나는 요양보호사 교육을 받고, 현장에서 실습을 마쳤다. 그런 다음 요양원에 취업을 해서 삼 년의 시간을 요양보호사로 살았다. 나는 이제 현장을 알 만큼 아는 경력자가 되었다. 그 시간 속에서 가장 많이 들었던 이론은 '노인 인권'과 '존엄한 대우를 받을 권리'라는 내용이다. 그런데 이 노인 인권의 범위가 추상적이다. 노인이 인권을 침해받았다고 느끼면 노인 학대가 될 수 있다. 하지만 그 노인이 치매이기 때문에 우리는 늘 교육을 받는다. '옆에서 볼 때 노인 학대로 의심되면 1577-1389로 신고하라'고. 혹은 '요양원에 입소한 노인들은 인간적인 존재로 존엄하게 살 권리가 있다. 그러므로 노인들이 원하는 일이면 대부분 수용해주어야 한다'고.

요양원은 공동생활을 하기 때문에 간섭과 규칙이 필요한 곳이다. 그 간섭과 규칙에 금방 익숙해지는 어르신들도 계시지만, 어떤 어르신들은 그 어떤 간섭과 규칙도 거부하시곤 한다. 예를 들어서 밤 10시가 되면 텔레비전을 꺼야 한다. 그런데 이 규칙에 반발해서 자정까지 텔레비전을 켜놓는 어르신에게 우리는 어떻게 대응해야 하는가. 우리의 규칙과 간섭을 따르라고 요구하는 것이 노인 인권에 위배되는가, 하는 의문. 물론 현실의 우리는 텔레비전을 계속 보고 싶다고 우기는 어르신을 설득해서 텔레비전의 전원을 끈다.

어떤 책에서 이런 구절을 읽은 적이 있다. '휠체어를 탄 어르신이 가고자 하는 곳을 막는 것도 노인의 인권을 존중하지 않는 태도이다.' 나는 이 말에 전적으로 공감하지는 않지만, 그 바탕에 깔린 기본적인 태도에는 공감한다.

한 어르신이 내게 말씀하셨다.

"나 휠체어에 타고 싶어."

"네, 어르신. 다른 어르신들 아침 체위만 해드리고 올게요."

내가 대답을 하고 나간 사이에 다른 요양보호사가 들어오자 어르신은 똑같은 요구를 하셨다.

"어르신, 저희가 조금 있으면 아침조회를 해야 하니까 9시 30분 이후에 태워 드릴게요."

그 어르신은 내가 한 말과 다른 요양보호사가 한 말이 달랐던 데 화가 나셨다. 옆에 계시던 다른 어르신이 참견을 하셨다.

"원칙이 있어야지. 원칙대로 해."

순간, 그 원칙이라는 말에 나는 적잖이 당황했다. '내가 배웠던 원칙이 무엇인가?' 하는 의문이 확 밀려왔기 때문이다. 내가 어르신을 휠체어에 태우고 나가려는데, 다른 요양보호사가 나를 밖에서 불렀다.

"선생님, 우리 일정에 그 어르신이 따라야지 우리가 어떻게 개개인의 요구 사항을 다 들어줄 수 있어요."

"선생님, 사람마다 개인차가 있어요. 적응하는 데 걸리는 시간이 각각 다를 수 있잖아요. 저 어르신이 이곳에 오신 지 이제 겨우 한 달 넘었어요. 집에서 적당한 운동도 하고, 바깥 구경도 하시던 분인데, 이곳이 얼마나 갑갑하시겠어요. 우리도 그렇잖아요. 요양원에 금방 적응해서 일 잘하는 사람도 있지만, 적응하는 데 꽤 많은 시간이 필요한 사람도 있잖아요."

"어르신이 요구할 때마다 다 해드리면 요양원에 규칙이 왜 필요하겠어요. 일 대 일 간병도 아니고, 여기 규칙에 따라야 한다는 걸 저 어르신도 아시는 게 적응에 도움이 될 거라고 생각해요."

나는 일정 정도 이해가 되었지만, 내 주장을 굽히고 싶지 않았다.

"우리의 일정 중에 프로그램 시간 말고 어르신을 휠체어에 태우고 나오는 시간이 있나요? 저 분이 요양원에 오신 지 이제 겨우 한 달이에요. 얼마나 낯설고 힘드시겠어요. 그 부분을 우리가 덜어 드리자는 것이 뭐가 잘못되었다는 거죠?"

나는 천사이고 다른 요양보호사는 천사가 아니다,로 단정 지을 수 없는 문제였다.

내가 요양원 생활을 하면서 일관되게 느끼는 안타까움은 요양보호사의 일정 중에 '어르신들과의 정서적 대화 나누기'가 없다는 점이다. 나의 지인 중에 집으로 치매 어르신을 찾아가는 '재가요양서비스'를 하는 요양보호사가 있다. 치매 어르신의 집을 방문하여 일정 시간 동안 돌보는 일인데, 경우에 따라서는 음식을 하기도 하고, 어르신과 말벗을 하면서 시간을 보내기도 한다. 그 지인은 가장 어려운 일이 바로 '어르신과 말벗하는 시간'이라고 했다. 말벗, 어찌 보면 참으로 쉬운 일 같지만 말주변이 없는 사람에게는 그것만큼 어려운 일도 없다.

우리는 배운다. 어르신들과 말벗하기와 정서적 교감하기를. 그런데 실전에서 그런 시간은 별도로 주어지지 않는다. 요양보호사가 만들어야 한다. 아주 짧은 시간에도 대화를 통하여 상대방의 내면을 살짝 엿볼 수 있다.

체중이 아주 많이 나가는 어르신이 계신데, 그분은 먼저 말을 걸어오는 경우가 없다. 아주 순둥이 어르신인데 간식 시간만 되면 먼저 말을 거신다.

"간식이 뭐예요?"

"미숫가루예요."

단숨에 한 컵을 들이킨 후 던진 명랑한 소감 한마디.

"나는 밥보다 이게 더 좋아요."

사실 그분은 안 좋아하는 음식이 없다. 그분이 식사를 끝낸 식판은 설거지를 해놓은 것처럼 아무것도 남아 있지 않다.

"그럼 어르신 이제부터 밥 말고 미숫가루만 드릴까요?"

내 말에 그분의 얼굴에 후회와 실망의 빛이 돌면서 말투가 바뀐다.

"그건… 아니에요. 밥도 좋아요."

순둥이 어르신의 내면에는 항상 음식에 대한 욕구가 가득 차 있는 것이다.

어르신들 중에는 보호자가 자주 찾아와서 간식거리를 사다 놓고 가는 경우도 있지만, 명절과 생신 때에도 찾아오지 않는 보호자가 있다. 저마다 사정이 있겠지만, 한 방을 쓰는 어르신들 간에도 보이지 않는 감정 싸움이 있기 마련이다. 한 방을 쓰는 네 분 어르신 중 세 분의 보호자들은 비교적 자주 방문하고, 전화 통화를 많이 하는데, 사정이 있어서 그렇겠지만 유독 한 어르신의 보호자는 한 번도 오지 않았다. 그분은 치매와 함께 심한 우울증을 앓고 계셨다. 나는 간식거리를 몰래 챙겨와서 그분의 서랍에 넣어드렸다. 인지가 있는 옆의 어르신이 눈치채지 못하게 슬그머니 서랍을 열고 간식을 넣어 드리면 "아이고, 고마워라." 하신다. 그럴 때 내가 입에다 검지손가락을 대고 '쉿' 하면 그분은 금방 눈치를 채고 눈으로 고맙다는 인사를 하신다. 물론 인지 있는 옆 어르신이 모를 리가 없지만 말이다.

　오늘 실전의 현장에서 나는 이론과 상충하는 현실을 겪는다. 이론이 매번 옳지도 않고, 실전이 언제나 옳다는 것도 아니다. 우리는 그 사이를 오락가락하면서 갈등하며 배우고 성장하는 것이 아닐까.

돌봄이 아니라 인생을 배우는 중입니다

육이오 때 난리는
난리도 아니야

대부분의 요양원에서 가장 바쁜 시간대를 꼽으라고 하면 아마 아침에 기상해서부터 어르신들의 아침 식사가 끝나는 시간대까지라고 말할 수 있겠다. 요양원마다 차이는 있지만 내가 근무하는 곳은 야간 근무를 한 네 명의 요양보호사가 어르신 서른여덟 분을 돌봐야 한다. 따라서 적당히 바쁜 날이 대부분이지만, 바쁜 아침 시간에 사건 사고가 터지면 참으로 난감하기 이를 데가 없다. 물론 그 사건 사고는 강력 사건이 아님을 밝혀둔다.

오전 5시 30분, 어르신들의 기저귀 돌봄 시간이다. 새벽에는 소변량이 유난히 많은 몇 분들만 갈아 드리고, 대부분의 어르신들은 5시 30분부터 시작되는 기저귀 돌봄 시간에 갈아 드린다.

그때마다 불가능한 줄은 알지만 솔직한 심정은, 아침 기저귀 돌봄 시간에는 '변을 소량으로만 보는 어르신들만 있게 하소서…' 하고 말도 안 되는 바람을 가지고 일을 시작한다.

　방 하나에 두 명의 요양보호사가 들어가게 되는데, 기저귀를 갈기도 전에 대변 냄새가 온 방에 진동한다. 한 어르신의 기저귀 옆으로 묽은 변이 흘러서 새고 있다. 얼른 기저귀를 뺐다. 쓱쓱 닦고 새 기저귀로 교체하는 순간 어르신이 방귀를 꾸신다. 기저귀를 갈 때 보통 요양보호사는 어르신의 기저귀 찬 곳을 향하여 고개를 약간 숙이게 된다. 그나마 어르신의 방귀까지는 그런대로 괜찮았는데, 방귀와 더불어 설사가 뿜어져 나왔다. 얼른 고개를 돌려서 피했지만, 사방으로 힘차게 뿜어져 나오는 설사의 힘은 강했다. 다시 새 기저귀로 바꾸어 드린다.

　바로 옆 어르신은 변을 본 후 그것을 동그랗게 말아서 입으로 가져가신다.

　"아이고, 어르신. 이거 먹는 거 아니에요."

　"먹는 거 아니야?"

　"그럼요. 이거 어르신 똥이잖아요, 똥!"

　손을 깨끗이 닦아 드리고, 기저귀를 새로 채워 드린다. 그때 요란하게 호출벨이 울린다. 뛰어나가서 번호를 확인한다. 기저귀를 갈다 말고, 호출벨이 울린 방으로 뛰어간다.

"여기 가려워요."

"어디요?"

"방댕이요."

다시 기저귀 카트가 있는 방으로 뛰어와서 연고를 가지고 간다. 어르신의 방댕이는 아무렇지 않아 보였지만, 그래도 연고를 발라 드린다. 다시 기저귀 가는 데 몰두, 또다시 요란하게 호출 벨이 울린다. 에이고, 뛰어나가 보니 휠체어를 탄 어르신 한 분이 다른 방으로 옮겨 다니며 서랍을 뒤져서 물건들을 자신의 사타구니에 잔뜩 넣고 있다.

"아니 되옵니다."

물건을 빼앗으려고 하는 사람과 물건을 움켜쥐고 놓지 않으려는 사람 사이에 힘겨루기가 시작된다. 요양보호사가 이길 것이라고 생각하지 마시라. 어르신들은 생각보다 힘이 세다. 이 사건은 나중에 해결하기로 하고 다시 기저귀 방으로 들어간다. 이번에는 기저귀 갈기를 거부하시는 어르신과의 실랑이가 벌어진다.

"아, 안 해. 안 한다구."

요양보호사 둘이서 어르신, 그것도 체구가 아주 작은 여자 어르신 한 분의 힘을 쉽게 당해내지 못한다. 다들 산삼을 드셨나. 겨우 기저귀를 갈고 나면 이제는 네 명이 일을 분담한다. 한 명은 어르신들을 세수수건으로 닦아 드리고, 한 명은 소변줄을 낀 어르신들의 소변을 빼서 기록하고, 이동 변기에 소변과 대변을 눈 분들의 변기통을 세척한다. 또 다른 한 명은 콧줄로 경관식을 드시는 어르신들의 식사를 준비하고, 마지막 한 명은 서른여덟 명의 물컵을 수거하여 깨끗이 씻는다.

이때 침대에서 내려오면 안 되는 어르신이 침대 모서리를 잡고 서 계신다. 가슴이 덜컥, 재빨리 휠체어에 어르신을 앉힌다. '선생님' 부르는 소리가 다시 들린다. 뛰어간다. 원주 어르신이다.

"밥 언제 줘요?"

"7시에 드려요."

"그럼 삼십 분이나 기다려야 돼요?"

소변을 빼던 참이라 마음이 급하다. 나는 다시 소변을 빼러 나간다. 여기저기서 아침을 알리는 소리들이 쉴 새 없이 들린다.

"야야, 얼른 밥 안 주나." (102세 어르신)

"선생님, 빨리 밥 주세요." (원주 어르신)

"선생님 저 똥 쌌어요." (소래 어르신)

소래 어르신의 방으로 기저귀 카트를 끌고 들어간다. 어르신의 얼굴에 잔뜩 힘이 들어간 것으로 보아 진짜 변을 보신 게 맞는 것 같다. 막상 기저귀를 열어 보니 변이 반쯤 나오고 항문 안에는 변이 가득 들어 있다. 나는 한 손으로 어르신의 아랫배를 쓱쓱 문지르고 빙빙 돌려 마사지를 해드린다. 갑자기 한 덩어리

돌봄이 아니라 인생을 배우는 중입니다

의 변이 밀려 나온다.

이제는 서른다섯 분의 식판과 함께 아침 약을 챙겨서 날라야 한다. 나르는 것은 쉽지만 밥을 드시게 하기는 힘든 경우도 상당히 많다. 한 방에 식판을 네 개 가지고 들어가서 혼자 드실 수 있는 어르신에게 먼저 식판과 물병을 드린다. 문제는 나머지 세 분을 혼자서 먹여 드려야 한다는 것. 당진 어르신은 식판을 엎을 수 있으므로 밥을 비벼서 드리면 혼자서 드시기도 한다. 당진 어르신에게 밥을 드리고, 바로 옆의 나주 어르신에게 밥을 가져간다. 이분은 중증 치매지만, 요즘은 가루약이 쓰다는 것을 알고 계신다. 그래서 약봉지를 몰래 뜯어야 한다. 먼저 밥을 비벼서 한 수저 드린다.

"안 묵어."

이때 속으면 안 된다. 저녁 식사 후 공복 시간이 길어서 시장한데도 안 먹는다고 하시면, 잠시 말을 시켜야 한다.

"어르신, 밥 드시고 우리 나주에 가요."

"나주는 뭐터러 가?"

이거 드시고, 하면서 다시 한 수저를 입으로 가져가야 한다. 그리고 약봉지에서 꺼낸 약을 몰래 남은 국그릇에 타서 휘휘 저은 후 어르신에게 "아, 하세요." 하면 어르신은 입을 벌리신다. 그럴 때 얼른 수저에 담긴 약을 어르신의 입에 잽싸게 넣고, 어르신이 "아이고 씨구어(쓰다)" 하면서 뱉으시려고 할 때 수저에 물을 담아 다시 입으로 넣어 드리면 할 수 없이 삼키신다. 밥을 드시다가 자꾸 누우려고 하실 때 어르신의 관심을 오로지 밥에만 집중시킬 수 있도록 지속적인 대화(비록 말도 안 되는 대화지만)를 해야 한다. 동문서답이 얼마나 재미있는지 처음 알았다.

다시 그 옆의 고모 어르신에게 죽을 가져간다. 고모는 허리를 세워 바로 앉을 수 없기 때문에 60도 정도 비스듬히 누운 상태로 식사를 하신다. 그때도 말을 시켜야 한다.

"고모, 밥은 왼손으로 먹어요? 오른손으로 먹어요?"

"오른손이제."

이가 하나도 없어서 발음이 샌다. 그래도 나는 다시 묻는다.

"왼손으로 먹는 사람은 어떤 사람?"

"나쁜 사람이제."

식사가 끝나고 나면 각 방에서 나온 식판들을 수거해서 카트에 담는다. 식판 여덟 개 정도를 위에 쌓아놓고, 아래쪽엔 어르신이 하셨던 앞치마와 양치통을 담는다. 한 사람이 양치통과 양치컵을 닦고, 앞치마를 빨고, 어르신들의 세수수건을 세탁기에 넣고 돌린다. 나머지 세 사람은 어르신들의 침대를 조금씩 내려 드리고, 정리 정돈을 한다.

다시 호출벨이 울린다. 커피 타임이 시작된다. 세 분 정도 모닝커피를 드신다. 다시 호출벨이 울리고, 어르신의 방에 갔더니 휠체어를 타고 나가고 싶다고 하신다. 수거해갔던 서른다섯 개의 양치통이 씻겨져 돌아오면 다시 어르신들 방에 배분한다.

그러고 나면 아침 8시. 요양보호사들의 식사 시간. 주방에서 일하시는 분과 함께 다섯이서 밥을 막 뜨려는 순간, 호출벨이 잇따라 울린다. 밥술을 뜨던 수저를 놓고 뛰어나간다. 아까 방을 돌며 물건을 사타구니에 넣던 어르신이 다시 다른 방으로 가신 것이다. 나는 다른 한 명의 요양보호사를 호출한다. 그리고 어르신의 몸에서 나오는 물건들을 챙긴다. 기저귀, 티슈, 뉴케어캔, 사탕, 손수건, 거울, 시계…. 우리 어르신의 약탈 사건은 이렇게 미수에 그친다.

다시 밥을 반쯤 먹었는데, 요란한 벨소리. 우리 넷은 모두 안다. 그 시간이면 반드시 호출을 하는 분, "나 똥 쌌어. 기저귀 갈아 줘."라고 말할 것이 분명한 한 분. 솔직히 밥을 먹다가 변을 치우고 오면 식욕은 사라지고, 냄새만 남는다.

식사가 모두 끝나고 나면 잠시 쉬었다가 다시 어르신들의 체위를 변경해 드려야 한다. 체위 변경은 욕창 방지를 위해서도 반드시 필요하기 때문이다. 체위를 변경하다가도 호출벨이 울리면 달려 가야 한다. 정리 정돈이 끝나고 나면 주간 요양보호사들이 한 분 두 분 출근을 하지만 9시까지 우리의 임무는 항상 대기 상태다. 어르신들이 우리의 분주한 사정을 고려하고, 식사 시간을 피해서 호출벨을 누르거나 사고를 치지는 않는다. 국그릇을 엎고, 식판을 내던지고, 기저귀를 빼서 아무 데나 버리고, 변을 바닥에 던져놓고, 그 손으로 침대 난간을 더럽히고, 침대는 다시 엉망이 되고…. 그런 날이면 우리는 이렇게 말한다.

"육이오 때 난리는 난리도 아니야."

돌봄이 아니라 인생을 배우는 중입니다

나의 팬덤은 어르신들

　코로나 19로 외부 프로그램 강사가 요양원에 들어올 수 없다. 하지만 대개는 일주일에 세 번 정도 외부 강사들이 와서 트럼펫 연주를 하고, 재활 레크레이션 강사는 음악에 맞춰 가벼운 운동을 한다. 밴드가 와서 노래를 하기도 하고, 어르신들과 요양보호사들이 반주에 맞춰 노래를 부르기도 한다. 어르신들이 가장 신나고 흥겨워하는 프로그램은 역시 밴드의 요란한 반주에 맞춰 형형색색의 옷을 입은 가수들의 노래를 듣는 시간이다. 귀가 열리고, 눈에 보이는 것들이 흥을 돋우기 때문이다.

　나는 타고난 몸치이다. 젊은 시절 나이트클럽에 겨우 두어 번 가본 게 전부다. 현란한 불빛 아래서 미친 듯이 춤을 추고, 블루스곡이 나오면 짝짓기하듯 처음 본 남녀가 자연스럽게 몸을 밀

착해서 춤을 추는 것이 이상해 보였더랬다. 무엇보다 나는 내면에서 흥이 일지 않았다. 나이트클럽에 최악화된 나란 사람. 더 최악인 것은 맥주 몇 모금에도 취한다는 것.

아무려나 이랬던 내가 요즘은 요양원에서 밴드 아저씨의 연주에 맞춰 맛깔나게 엉덩이를 흔들고, 맨발로 바닥을 비벼대며 춤을 추면서 트로트를 신나게 부른다. 노래를 부를 때 감정을 한껏 넣어서 꺾기와 콧소리를 자연스럽게 내기도 하고, 나도 모르게 흥에 겨워 몸 전체로 노랫말의 의미를 한껏 표현한다. 이 얼마나 놀라운 반전인가.

무명 가수들은 한복을 곱게 차려입거나, 야한 무대 의상을 입고 어르신들이 좋아하실 만한 곡들을 선정하여 맛깔나게 불렀다. 그에 비해 나는 요양보호사들이 입는 검정 바지에 흰 티셔츠에 앞치마를 입고 있었다. 나는 어르신들의 시선이 당연히 화려한 의상을 입은 가수들에게 쏠릴 거라고 생각했다. 하지만 우리 모두 잊고 있는 게 있었다. 한 달에 서너 번 오는 그들은 우리 요양원에만 와서 봉사를 하는 것이 아니라 여러 요양원에 자원봉사를 다닌다. 따라서 어르신들을 개인적으로 기억하는 일은 드물다. 그들이 노래를 부를 때 시선은 어르신들을 뭉뚱그려 단체로 보기 때문에 한 곳에 고정되지 않는다.

하지만 나는 달랐다. 어르신 한 분 한 분에게 다가가서 눈을

돌봄이 아니라 인생을 배우는 중입니다

맞추었다. 또한 어르신 개개인의 사연이 담긴 노래를 선곡하여 불렀기 때문에 어르신들은 가사를 기억하고 있는 경우가 많았다. 큰소리는 아니었지만, 노래를 따라 부르기도 하셨다. 어르신들 한 분 한 분 앞으로 다가가서 내 엉덩이를 손으로 툭툭 치면서 흥을 돋우면 어르신들은 박수를 치며 호응하셨다.

나주 어르신은 중증 치매여서 딸이 면회를 와도 알아보지 못하신다. 이런 경우 요양보호사들이 말을 거는 경우는 거의 없다. 중증 치매이므로 무슨 대화가 되겠나 싶은 마음에 대화 자체를 시도하지 않는 탓이다.

그런 분이 노래를 한다는 게 가능하다는 것을 누가 믿겠는가? 나는 백난아의 〈찔레꽃〉을 불렀다. 처음에는 나를 빤히 쳐다만 보시던 어르신이 "자주 고름 입에 물고" 부분에서 입을 움직여 조그만 소리로 "이별가를 불러주던 못 잊을 사람아"라고 하셨다. 그리고 활짝 웃으셨다. 평소에는 굳은 표정으로 단 한 번도 웃을 줄 모르던 분이, 노래를 부르고 나서 나를 보며 환한 미소를 지었다.

얼굴을 자세히 들여다보면 살아온 흔적이 보인다는 말이 있다. 나는 그 말을 어느 정도 신뢰한다. 나주 어르신의 딸은 가끔 간식을 들고 와서 자신을 몰라보는 엄마를 하염없이 바라만 보다가 가곤 했다. 그 눈빛이 너무 처연하고 시름겨워 보여서 가까이 갈 수조차 없었다. 그런 어르신이 웃었다, 환하게. 원래 웃음이 헤펐을지도 모를 사람, 이제 웃는 법을 잊어버렸을지도 모를 사람이 내 앞에서 웃었다.

"잘하네."

"뭘 잘해요? 제가?"

"몰러."

완도가 고향인 어르신은 이가 하나도 없어서 웃을 때면 하회탈 같다. 이제는 발음도 샌다. 그런 어르신이 양손을 앞으로 뻗어 흥에 겨운 손짓을 하신다. 평생을 물질과 밭일로 고생해서 자식들을 키운 어르신의 손은 크고, 억세다. 그 큰 손으로 가락에 맞춰 흔들흔들 손을 움직이신다. 입술도 움찔움찔, 귀엽다. 한번은 가수가 노래를 부르는 동안 잠시 앉아서 쉬고 있었다.

"나가요. 안 나가?"

"어딜요, 어르신."

어르신은 눈으로 무대를 가리킨다. 내가 노래를 부르고, 춤을 추던 사람이라는 것을 기억하신 모양이다. 이런 소소함이 나를 들뜨게 하고, 기적처럼 내 안에 잠든 흥과 신명을 깨우는 게 아닐까?

부여 어르신은 우리 요양원의 가수라고 할 만하다. 말할 때의 목소리와 노래할 때의 목소리가 전혀 다르다. 얼마나 구성지고 우렁차게 노래를 부르시는지 모른다. 흥도 많아서 한 시간 넘게 진행되는 노래와 춤의 향연이 끝나도록 박수치시는 것을 멈출 줄 모른다. 그 어르신은 아들을 넷이나 두셨는데 네 명 모두 결혼을 하지 않았다. 무한 긍정과 무한 낙천을 합친 듯한 마음가짐을 가졌다고 생각한 것은, 부여 어르신의 입에서 한 번도 아들들이 결혼을 안 한 것에 대해 불평을 하거나 안쓰러워하지 않으셨기 때문이다.

무대 막바지에 사회자가 노래를 불렀다. 사회자의 눈에도 부여 어르신의 활약은 돋보였을 테다. 사회자는 일 절을 마치고, 간주가 나가는 사이 해서는 안 될 말을 하고 말았다.

"자아, 저 어르신. 박수만 치지 마시고 손주 이름 좀 크게 불러 보세요."

우리의 부여 어르신, 무한 긍정의 인생관에도 흔들림이 오고야 말았다. 삼십 명이 넘는 관중들 앞에서 손주들 이름을 부르라니, 이 얼마나 당혹스러운 일인가.

나는 무대 앞으로 나가 신나게 춤을 추었다. 아주 가끔 부여 어르신은 헛것을 보신다. 깊은 내면에 숨 쉬고 있던 팔십 대 노인의 욕망.

"어이 선상님! 방금 우리 손자 안고 왔는디, 어디 갔는지 안 보이네."

정읍이 고향이신 어르신은 문맹이다. 말솜씨는 누구에게도 지지 않을 만큼 달변이시지만, 자신의 이름 끝 자 '례'를 쓰지 못하신다. 노래는 음치 수준에 가까운데, 그분에게도 애창곡이 있다. 〈단장의 미아리 고개〉가 그 곡이다. 밴드가 오는 날이면 곱게 화장을 하고, 오후 2시 반에 시작하는 프로그램을 오전 9시부터 기다리신다. 무슨 옷을 입을지, 어떤 립스틱을 바를지, 아침부터 마음이 분주하다. 정읍 어르신은 내게 신청곡을 얘기하셨다. "아, 그거 뭐지 미아리…."

드디어 노래가 시작되었고 음정, 박자는 물론 가사까지 뒤엉킨 노래. 사회자는 나를 불렀다. 간주가 나오는 동안 가사가 뜨는 노래방 기기를 어르신 앞으로 가까이 옮겨 드리라고 했다. 나는 시키는 대로 했다. 하지만 〈단장의 미아리 고개〉 이 절은 일절을 반복하는 것으로 끝이 났다. 어르신은 무안했을 것이다. 그렇다고 자신의 무안한 마음을 감출 어르신이 아니다.

"어이, 사회자 양반, 나 좀 봐요. 내가 눈이 나빠서 오늘은 노래를 잘 못 했응께, 담에 올 때 가사 좀 어디다 적어다 나 좀 줘 보소. 글씨를 크게 써와야 내가 볼 수 있응께. 꼭 명심하소."

돌봄이 아니라 인생을 배우는 중입니다

우리 요양원에서는 두 달에 한 번 어르신들의 '생신 잔치'를 열어 드린다. 돌잔치처럼 생신을 맞은 어르신들에게 한복을 입혀 드린 후, 상차림을 한다. 과일, 떡, 케이크 등을 가득 차려놓고 약식 공연을 하기도 한다. 원장님과 교우들이 모여 '춤 공연'을 하기 위해 준비하는 동안, 이사님이 사회를 보았다. 이사님은 대중가요를 많이 알지 못한다. 준비된 휴대폰에서는 신나는 트로트가 흘러나왔다. 이사님은 휴대폰 버튼을 누르다 실수로 엉뚱한 곡을 틀고 말았다. 전주곡이 유난히 긴 김건모의 〈잘못된 만남〉이었다. 당황한 이사님은 마이크를 나에게 넘기며 이 노래를 부르라고 했다. 앞부분이 전부 '랩'인 노래. 그래도 발표된 지 꽤 오래된 노래라서 랩의 속도가 신세대 래퍼들의 노래보다 느리다는 것. 내가 이 노래를 완벽하지는 않지만 어느 정도 외우고 있다는 것이 다행이라면 다행이었다.

"난 너를 믿었던 만큼 난 내 친구도 믿었기에 난 아무런 부담 없이 널 내 친구에게 소개시켜 줬고…."

아, 이런 변이 있나. 요양원 어르신들 앞에서 〈잘못된 만남〉을 부르다니. 난감함을 무릅쓰고, 나는 '춤 공연 선수'들이 빨리 나오기를 학수고대하며 혼신의 힘을 다해 랩을 하고, 노래를 불렀다. 공연이 다 끝난 후 정읍 어르신이 내게 다정하게 말을 걸어오셨다.

"조용필 노래를 어찌 그리 잘 불러. 나도 예전에는 조용필 노래 다 외웠었는데, 이젠 다 까먹었어."

요즘 노래 공연이 없어서 어르신들이 심심해하실까 싶어 나는 짬을 내어 오 분 공연을 펼친다. 앞치마를 나누어 드리다가 앞치마를 펄럭거리며 춤을 추고 노래한다. 대부분의 어르신들은 금세 호응을 하신다.

밥을 먹여 드려야 하는 어르신 중에 입을 잘 안 벌리시는 세례명 율리안나 어르신의 평소 애창곡은 아마도 〈번지 없는 주막〉이었을 것이다. 나는 죽을 앞에 놓고 물을 한 모금 드시게 한 후, 죽 한 수저를 떠서 어르신의 입에 갖다 댄다. 굳게 다문 입술에 움직임이 없다.

그럴 때 나는 노래를 시작한다. "문패도 번지수도 없는 주막에 궂은 비 내리는 그 밤이 애절쿠려" 여기까지만 부르면 그 다음부터 어르신의 입이 벌어지기 시작한다. "능수버들 태질하는" 여기까지 이어지고, 그 다음 가사는 "창살에 기대어"다. '창살'을 발음해보라. 입이 벌어질 수밖에. 어르신은 그 다음부터 노래를 따라 부르신다. 아주 나지막하게. 그러면 성공이다.

나의 팬덤은 어르신들이다. 나의 팬덤은 내게 '조공'을 바치지도 않고, 내 생일을 기억해서 선물을 주지도 않으며, 나의 사생활을 침해하지도 않는다. 다만 눈으로 좇고, 입으로 동의하며, 몸으로 공감해줄 뿐이다. 나는 이 팬덤을 정말로 사랑한다. 평소 점잖던 남자 어르신이 나와 함께 트위스트를 추게 하는 힘, 잠시 치매로 사라졌을 법한 신명을 불러내는 힘, 꾹 다문 입술을 움직이게 하는 힘. "선생님이 최고야!" 하고 외치는 나의 팬덤이 있는 한, 나의 얼토당토않은 춤과 노래의 공연은 계속될 것이다.

폭력에 대처하기,
폭언에 대처하기

    나의 시아버지는 알콜성 치매를 잠시 앓다가 간암으로 돌아가셨다. 내가 사는 곳과 시댁의 거리가 너무 멀어서 자주 찾아뵙지는 못하고, 치매의 상황을 자주 전해 들었다. 그 당시 나는 요양보호사가 아니었기 때문에 상황을 전해 듣는 것만으로도 무섭고 두려웠다. 그때 내가 요양보호사였더라도 시아버지의 상태가 폭력적 치매라면 특별히 할 수 있는 일이 많지 않았을 것이다. 다만, '치매에 폭력성이 있나?' '아, 어떻게 하지?'라는 생각만 하면서 두려움에 떨고 있지는 않았을 것이다.

    시아버지는 섬망(치매 증상 중의 하나로 정신의 혼란 상태)이 자주 왔는데, 특히 환시와 환청이 시아버지를 괴롭혔다. 시어머니가 다른 남자와 방에 함께 있다—시댁은 농사를 짓고 계셨다—고

주변에 있는 농기구들을 집어 들고, 시어머니에게 달려들곤 하셨다. 그때마다 시어머니는 다른 집으로 피신을 하셔야 했고, 자식들은 번갈아가며 시아버지를 지켜봐야 하는, 말 그대로 '속수무책'의 상태였다. 농촌에서는 싼값에 휘발유를 공급받을 수 있어서 광 안에는 휘발유가 항상 비축되어 있었는데, 시아버지는 다른 남자와 시어머니가 함께 있는 공간인 집을 불살라버리겠다고 자주 폭언을 퍼부으셨다. 실제로도 휘발유 통을 들고, 집 주변에다가 휘발유를 뿌리려는 위험한 시도를 하셨다.

시아버지에게 찾아온 환청과 환시는 극단적 선택을 하게 만들었다. 집 안에 있던 농약을 마시고 자살을 시도하신 것이다. 미수에 그치긴 했지만, 우리 가족 모두에게 지울 수 없는 사건―폭력과 폭언이 동반된 치매―이 되고 말았다.

우리 요양원에도 일 년 전쯤 폭력과 폭언이 동반된 치매를 앓고 계신 남자 어르신이 입소한 적이 있다. 입소 첫날부터 요양원이 떠나가도록 딸 이름을 부르셨다. 처방된 약들이 상당히 많았는데, 진정제와 수면제도 들어 있었던 것으로 안다. 하지만 딸에 대한 집착과 집을 떠나 낯선 곳에 오게 된 것에 대한 불안감은 약의 효과를 무력하게 만들었다. 일주일 정도 계셨는데, 밤이고 낮이고 휠체어를 타고 다니면서 기둥에 부딪치고, 문을 부수고,

그걸 막는 요양보호사나 간호사에게 발길질을 하고, 온갖 폭언을 퍼부으셨다. 한번은 스테이션(간호사들이 간호기록 등을 하는 업무 공간)을 손으로 밀치는 바람에 나무로 된 스테이션이 통째로 옆으로 밀리기도 했다.

어르신들이 입소하면 첫날 목욕을 하게 되는데, 그날 내가 목욕 당번이었다. 어르신을 목욕의자에 앉히는 데는 성공했지만, 그 다음에는 상상도 하지 못한 일이 일어났다. 두 명의 요양보호사가 어르신 한 분을 목욕시키는데, 첫날이어서 우리는 그분의 상태가 어느 정도인지 잘 몰랐을 때였다. 발부터 따뜻한 물을 끼얹느라 나는 앉은 것도 아니고 선 것도 아닌 구부정한 자세로 바가지를 들고 있었다. 물의 온도를 내 발등에 먼저 부어 체감한 뒤 어르신의 발등에 붓는 순간, 어르신의 발이 내 가슴을 강타했다. 나는 뒤로 벌렁 넘어졌다. 다른 요양보호사는 어르신의 뒤편에 서 있다가 깜짝 놀라서 목욕의자를 잡았다. 기습적 폭력에 무방비로 넘어졌지만, 솔직히 가슴의 통증과 두려움보다는 어르신의 다음 행동을 막아야겠다는 생각에 긴급 호출벨을 눌렀고, 여럿이 달려와서 간신히 어르신을 막았다.

지금 우리 요양원에는 예전의 그 어르신 같은 분은 안 계신다. 하지만 강도가 약해졌을 뿐 폭력과 폭언은 치매의 여러 가지 형태 중 하나이다. 요양보호사는 여러 상황과 맞닥뜨리게 되지만 가장 난감한 경우는 심한 폭언과 함께 언제 나를 향해 날아올지 모르는 폭력이다. 폭력의 강도는 남자 어르신이 여자 어르신보다 당연히 세다.

하지만 여자 어르신이라고 해서―아주 고령임에도 불구하고―약할 것이라고 판단해서는 안 된다. 우리의 어머님들은 밭일, 논일, 물질과 집안일로 다져진 근육이 몸속에 내재되어 있는 것 같다. 악력이 특히 세신 걸 보면, 내 짐작이 맞을 듯하다. 요양보호사들 몸 곳곳에 난 상처들을 보라. 확실히 우리의 어머님들은 우리보다 힘이 세다.

빈도는 다르나 또 한 분의 폭력과 폭언 어르신이 계셨다. 이분 역시 예전의 그분처럼 딸에 대한 애정의 정도가 아주 진하시다. 딸 역시 아버지에 대한 정성이 지극하고, 사랑이 애틋하다. 아버지가 물을 거의 안 드시기 때문에 과일을 잘게 쪼개서 낱개 포장을 해온다. 하루 식후 세 번, 과일을 드시게 하는 게 보통 일은 아니다. 딸은 제철 과일을 잘라서 일주일 단위로 배달하다가 후에는 도라지배즙으로 메뉴를 바꾸었다.

딸은 아버지의 폭력과 폭언이 자주 있는 일은 아니라고 했다. 게다가 입소하던 '날 여기에서는 욕하고 때리면 안 된다'고 아버지에게 신신당부를 하자, 순한 양이 되어 순순히 그러마, 라고 대답하셨다. 무엇보다 첫인상이 품위 있어 보이고, 말씀에도 교양이 흘러넘쳤던 터라 우리는 방심하고 말았다.

기저귀 돌봄을 하게 되면 우리는 어르신의 기저귀를 벗기고 물과 희석한 EM(발효시킨 유용한 미생물)액을 뿌린다. 이때 처음 보는 여자들이 들어와서 자신의 성기에다 갑자기 스프레이를 뿌리는 행위가 잠자고 있던 어르신의 폭력과 폭언을 깨운 듯하다. 어르신의 주먹이 요양보호사의 팔을 향해 강하게 날아갔고, 요양보호사의 날카로운 비명이 이어졌다. 그와 동시에 어르신의 욕설이 시작되었다. 주먹을 불끈 쥐고, 노여움으로 두 눈에서는 레이저가 뿜어져 나오는 것 같았다. 그래서 우리는 그 어르신이 싫어하는 EM 스프레이를 뿌리는 대신 화장지에 EM액을 묻혀 닦아 드리기로 했다. 그러면 더 이상 요양보호사의 팔에 멍이 드는 일이 사라질 것이라고 예단했다.

어느 날, 나는 그 어르신에게 식사용 앞치마를 목에 두르기 위해 다가섰다.

"야 이 쌍년아, 왜 이제 와."

주먹이 내 가슴팍으로 날아왔다. 내 가슴팍은 무슨 죄가 있어서 매번 차이고 맞는가. 아이고, 스프레이만 싫어하시는 게 아니라 무작위로 그때그때 감정들이 튀어나온다는 것을 그제야 알았다. 어르신을 기쁘게 해드리려고 춤을 추면, "야이, 미친년아

돌봄이 아니라 인생을 배우는 중입니다

지랄하지 마."로, 안녕하시냐고 인사를 하면, "왜 이제야 인사를 해, 이년아. 죽어라, 죽어."로 돌아왔다.

그 어르신이 계신 방으로 들어갈 때마다 우린 긴장을 한다. 우선 어르신의 눈빛을 세심하게 살펴야 한다. 눈빛에는 현재 상황에 대한 어르신의 감정이 고스란히 들어 있다. 특히 치매 어르신의 눈빛을 조용히 들여다보라. 그 안에 간단한—복잡할 리가 있겠는가—감정 몇 개가 보인다. 적의, 호의, 안심, 두려움, 거부, 불안, 기쁨. 뭐 이 정도만 파악하면 된다. '안심 혹은 호의'의 눈빛을 읽을 줄 알면 된다. 그 다음 아주 낮고 조용한 어조로 '딸 찬스'를 써야 한다.

"어르신, 따님이 도라지배즙 가져왔지요? 아버지 매일 드리래요." 혹은 "어르신, 따님이 어느 대학 나왔다구요? 공부를 아주 잘했나 봐요."

이렇게 말을 건넬 때에도 아주 근거리는 안 된다. 일단은 어르신의 눈빛이 오류를 일으킬 수 있으므로 어르신의 어투를 세심히 들어봐야 한다.

"우리 딸 똑똑하지."

이 정도면 가까이 가도 좋다. 물론 절대로 안 맞는다는 보장은 할 수 없다.

욕설은 대부분 여자 어르신에게서 더 많이 나타나는 증세인 듯하다. 물론 통계적으로 확인된 바는 아니다. 남자 어르신의 욕설에 힘이 있다면, 여자 어르신의 욕설에는 우리나라 특유의 해학이 담겨 있다. 우리말처럼 비속어가 발달한 나라가 거의 없지 않을까 싶다. 국어국문과나 문예창작과 학생들은 아마도 '비속어 사전' 하나쯤은 갖고 있을지도 모른다.

앞에서도 얘기했듯이, 우리의 어머니들은 '일'에서 헤어나지 못하고 사셨던 세대이다. 고된 일에서 잠시 휴식을 취하면서 노래를 부르고, 춤을 추고, 가끔은 '욕'을 하면서 소위 '힐링'을 했을지도 모른다. 그러지 않고서야 전라도, 경상도, 충청도, 강원도, 경기도까지 전국 각지에서 오신 어머니들의 욕설이 어찌 그리도 다양하고 해학적일 수 있겠는가.

백세 어르신은 발톱 깎는 것을 무척 싫어하신다. 그렇다고 안 깎을 내가 아니다. 처음엔 가볍게 싫다고 보채신다. 그 다음은 아프다고 투정을 하신다. 그래도 계속 깎으면 '기, 승, 전, 욕!'이 튀어나온다.

"야 이 개보다 못한 년. 씹구녕으로 도로 들어가라."

"어르신, 그리고 싶어도 저는 머리가 커서 도로 못 들어가요."

당진 어르신은 대화 자체가 욕이다. 기저귀를 갈 때도, 목욕하실 때도, 밥상을 차려드릴 때도, 휠체어에 앉히려고 안을 때도 매번 욕설과 더불어 요양보호사의 얼굴을 할퀴거나, 팔을 꼬집거나, 옷에 침을 뱉거나, 나보다 더 튼튼한 잇몸과 이빨로 막 깨무신다. 신입 요양보호사들은 아직 요령이 없지만, 경력자들은 안다. 권투 경기에 임하는 자세로 잽싸게 피해야 한다는 것을.

"드런 년, 이 드런 년, 이 씨발 년."

"어르신, 저는 이 씨가 아니고 전 씨예요."

완도 어르신의 팔심은 천하장사급이다. 악력 역시 한번 잡히면 혼자 힘으로 빠져나오지 못할 정도여서 다른 사람의 도움을 구해야만 빠져나올 수 있다. 믿기 힘들겠지만 그 어르신의 나이는 91세다. 삼 년 전에 비해 지금은 많이 약해지셨지만, 아직도 나는 그 어르신의 악력을 이길 수 없다. 어르신이 한번 양손을 휘두르며 거부 의사를 표하기 시작하면 이길 재간이 없다. 그땐 살짝 맞아주면 된다. 그 손에 잡히면 꼬집히고 살점에 살짝 흠집이 생기지만, 한두 방 정도는 맞아주면서 체위를 변경하거나 기저귀를 갈아 드리면 된다. 어르신도 자신이 휘두르는 손에 상대방이 한두 대 슬쩍 맞는 척을 하면 통쾌하지 않겠는가. 그분의 욕설은 일관된다.

"죽어라, 이년. 죽어, 죽어."

그때 아무 대꾸도 하지 않고 하던 일만 계속하면 욕하는 사람이 무슨 재미가 있겠는가. 다행히 어르신은 상황 대화가 가능한 분이다.

"어르신, 제가 죽으면 기저귀는 누가 갈며, 밥은 누가 먹여 드려요."

"…"

"제가 정말 죽어도 될까요?"

잠시 심사숙고한 어르신의 대답,

"그래도 죽어라, 죽어. 드런 년."

우리 요양원에서 욕설의 끝판왕은 바로 서산 어르신이다. 화려한 언어구사력으로 미루어볼 때 요즘 태어나셨으면 아마 최고의 개그우먼이 되었을 만큼 순간순간 판단에 걸맞은 문장을 구사하신다. 귀가 잘 안 들리는데도 불구하고 사람의 입 모양을 보고, 당시 대화의 맥락을 파악해서 망설임 없이 '즉답'을 내놓는다.

어르신은 간호사를 아주 싫어하시는데, 그 이유는 자신의 신체를 불편하게 하는 사람으로 인식하기 때문이다. 간호사의 얼굴이 둥글고 귀여운 상인데도 불구하고 그 어르신의 욕설에는

돌봄이 아니라 인생을 배우는 중입니다

미움이 담겨 있다.

"호박에 눈 박힌 년."

"우리 아들이 형산데, 너희 년들 우리 아들 오면 다 감옥 가."

그럴 때 우리의 유일한 대처법은 '그냥 웃지요'다.

감정을 조절하는 것도
업무라지만

　요양원에 치매 어르신만 입소를 하는 것은 아니다. 인지 기능이 있는 분들도 해당 요건이 되면 입소가 가능하다. "요양원에 들어오신 모든 어르신은 돌봄이 필요해서 오신 것이므로 우리는 그분들을 돌봄의 대상으로만 봐야 합니다." 우리 원장님이 자주 하시는 말씀이다.

　문제는 '인지 기능'이 있는 어르신들과의 사이에서 자주 생긴다. 치매 어르신들의 언행은 어떤 경우에도 우리의 평가가 들어 있지 않은 관찰이어야 한다. 물론 우리도 인간이기 때문에 아무리 치매 어르신의 말과 행동이라고 해도 마음이 상할 때가 있다. '있는 그대로 인정하기'가 얼마나 어려운 일인가.

"선생님, 이리 좀 와보세요."

중증 치매 어르신의 호출이 연달아 이어진다. 이유는 여러 가지지만 대체로 우리가 해결할 수 없는 문제로 호출을 하신다.

"선생님, ○병원에 데려다 주세요."

○병원은 어르신의 며느리가 수간호사로 근무하는 병원이다.

"왜요, 어르신?"

어르신은 파킨슨병의 여파로 왼쪽 손가락이 굽이굽이 휘어져 있다.

"내 손가락이 이렇게 됐잖아요. 이걸 치료하러 가야 해요."

이런 물음을 가족이 들었다면 어떤 현명한 대답을 할까 궁금하다. 우린 늘 대답이 궁색하다.

"어르신, 어르신의 손가락은 오래전에 병으로 휘어진 거라서 지금 병원에 가도 고칠 수 없어요."

"당장 ○병원에 전화해요, 지금 간다고."

"어르신, 어르신 병원 가시려면 아드님이 오셔야 하는데, 지금 아드님이 바쁘시대요."

"야, 너 뭐야? 전화하기 싫으면 싫다고 하지 왜 변명을 해."

이 정도만 되어도 참을 만하다.

"선생님, 이리 가까이 와보세요."

"어르신, 왜 부르셨어요?"

"나 신발 좀 신겨줘요, 내려가게."

어르신의 하반신은 마비 상태여서 걸으실 수가 없다.

"어디 가시게요?"

"여주요. 우리 엄마 만나러 가야 하니까, 얼른 내려줘 봐요."

"어르신 어머님은 이미 하늘나라에 가셨잖아요. 예전에 부모님 두 분 다 돌아가셨다고 말씀하셨잖아요."

"야, 이 미친년 좀 보게. 우리 엄마 나이가 백열다섯 살이야."

미친년, 개 같은 년, 벼락 맞아 뒈질 년… 이런 욕들이 등 뒤에 날아와 꽂힌다. 살짝 열 받긴 해도, 어디 화낼 일인가?

문제는 앞에서 말했듯이 인지 있는 어르신들이다. 이분들은 산전 수전 공중전을 두루 거치고, 고정관념이 갈비뼈 사이에 박혀 있고, 살아온 방식을 절대로 버릴 수 없는 아집이 혈관을 타고 흐르고 있다 해도 그리 틀린 말은 아니리라. 누군가 '그럼 당신은?'이라고 묻는다면, 나도 그리 자유롭지는 못하다. 하지만 성찰 정도는 할 수 있는 사람이라고 대답하겠다.

내가 유연하지 못한 부분은 '이기심'에 관해서다. 사람에게는 정도의 차이가 있지만, 이기적이고 이해타산적인 면이 있다. 나는 이런 이기심에 관해서 이야기하는 것이 아니다. 사람이면 누

돌봄이 아니라 인생을 배우는 중입니다

구나 가질 수 있는 보통의 마음이나 감정 즉 '인지상정'과 입장을 바꿔서 생각할 줄 아는 '역지사지'가 필요하다고 생각한다. 때문에 나는 가끔 '인지상정'을 이해 못하거나 '역지사지'를 할 줄 모르는 이를 보면 화가 난다. '우리 요양원에 오신 어르신들은 우리의 돌봄을 받기 위해서 들어오신 분들이므로 시시비비를 가리지 말고 원장인 자신에게 모든 책임을 돌려라'라는 원장님의 타당한 말씀을 가끔 잊을 때가 있다. 어쩌면 나 역시 '역지사지'를 못하는 사람인지도 모르겠다.

한 방에 네 분의 어르신이 계시지만, 모두 기저귀를 차고 계신 것은 아니다. 소변줄을 삽입한 어르신도, 이동 변기에 대소변을 보는 분도 계신다. 하지만 대부분은 기저귀를 차고 계신다.

예전에 엄마와 안면도로 여행을 간 적이 있다. 폐경이 다가와서 생리가 불규칙해지던 때라 생리대를 미처 준비하지 못해 급한 상황에서 나는 엄마의 대형 기저귀를 대용품으로 사용했다. 한여름 밤의 열기도 열기지만, 겉이 비닐로 된 대형 기저귀를 차고 있으려니 갑갑하기도 하고 하반신에 열이 확확 오르며 몸 전체가 난로 속에 있는 것처럼 화끈거렸다. 단 하룻밤의 경험인데도 나는 그때의 느낌을 아직도 잊을 수가 없다.

인지 있는 한 분만 기저귀를 안 차고 계셨는데, 선풍기의 방향을 자신에게 고정해 달라고 요구하셨다. 이기심이었다. 나도 처음엔 화를 낼 생각이 아니었는데, 그분의 시시비비에 나도 시시비비가 생긴 것이다.

"어르신, 한 십 분 정도만 회전으로 놓고, 그 후엔 어르신 쪽으로 돌려 드릴게요."

"어젯밤에도 돌려준다고 하더니 결국 내가 겨우 돌렸어."

"어르신, 다른 어르신들도 지금 기저귀를 해서 더우시잖아요. 냄새도 나고 하니까 조금 후에 반드시, 책임지고 제가 고정으로 해놓을게요."

"저 사람들이 덥다고 해?"

"어르신, 저분들이 의사 표현을 못하니까 덥다는 말씀을 못하시는 거 아닐까요?"

"웃기는 소리 하고 있네. 더우면 저렇게 이불을 덮고 있냐?"

여기서 나도 못 참고 말았다.

"어르신, 혹시 며느님 있으세요?"

"있다, 왜?"

"저는요, 어르신 같은 시어머님이 계시면 마음이 불편할 것 같아서요."

"야, 너는, 너의 시어머니는 병신이냐? 속에 있는 말도 못하고 살게."

애꿎은 나의 시어머니만 병신이 되고 말았다. 아, 나도 이 정도밖에 안 되는 사람이구나 싶었지만, 때는 늦었다.

이분 역시 인지가 있는 남자 어르신이다. 이분의 이기심도 나의 감정을 자극했다. 이분의 예민함은 타의 추종을 불허할 정도이다. 나이가 90세가 넘었음에도 불구하고 창문 틈 사이로 불어오는 바람 소리에 잠을 자지 못했다고 투정을 부리신다. 그날 밤분 바람은 자연현상이지 우리의 잘못은 아니지 않는가. 그분은 주무시기 전에 방문을 본인의 기준에 맞춰서 열어놓는데, 보통 체격의 남자가 겨우 들어갈 정도의 폭이었다.

그날은 한 어르신의 '밤 나들이' 탓에 시끄러웠다. 요양보호사가 그 방의 방문을 닫은 것이 발단이었다. 그 어르신이 소리에 워낙 민감하게 반응하시므로 일종의 배려 차원에서 문을 닫은 것이다. 문을 닫은 시각은 대충 밤 11시 반에서 자정 사이였던 것 같다. 그 뒤로 조용해졌지만, 문을 닫은 요양보호사는 방문을 다시 열어두는 것을 잊어버리고 말았다.

교대하여 내가 2시 이후에 근무를 하러 나왔는데, 문을 닫은 맞은편 방에서 요란하게 호출벨이 울렸다. 한 어르신이 오줌이 마려운데, 어디 가서 누느냐고 물으셨다. 기저귀 찬 것을 잊은 것이다. 나는 어르신의 기저귀를 다시 갈아 드리고 나왔는데, 같은 방에서 다시 호출벨이 울렸다. 이번에는 똥이 마렵다고 하셨다. 불을 다시 켜고 이런저런 어수선함을 수습한 후 불을 껐다. 그때 나는 앞방 문이 닫힌 것을 보고 안심이 되었다. 바로 앞방에서 호출벨을 연거푸 울릴 때 어르신들이 잠이 깨면 어쩌나 잠깐 염려가 되었기 때문이다.

새벽 6시 반쯤 나는 아주 조금 열린 문으로 물수건을 들고 들어갔다. 깨어나신 분이 있으면 세수를 시켜 드리려고. 마침 한 분이 눈을 뜨고 나를 바라보셨다. 그분의 얼굴과 손을 씻겨 드리고 막 나가려는 찰나, 우리 예민하신 어르신이 조용하지만 단호한 어조로 말씀하셨다.

"이 방문 누가 닫았어?"

"어르신, 제가 닫진 않았지만, 어젯밤에 시끄러운 일이 생겨서 어르신 잠 깨실까 봐 다른 요양보호사가 닫은 것 같아요."

"뭐라구? 내가 새벽 2시에 깼는데, 아주 조용했어. 근데 시끄러워서 문을 닫았다고? 이 삼복더위에 문을 닫아? 여기 네 명이야간 근무했지? 다들 오라고 해."

여기까지는 내 '역지사지'의 이성이 작동하고 있었다.

"어르신, 지금 한창 바쁜 시간인데…, 그리고 어르신을 배려해서 문을 닫은 거 아닐까요?"

돌봄이 아니라 인생을 배우는 중입니다

순간, 침대에 걸터앉아 계시던 어르신이 벌떡 일어나서 내 앞으로 성큼성큼 걸어오셨다.

"당신이 문을 닫았구만, 당신이."

"어르신, 제가 닫았다고 쳐요. 그럼 문을 닫은 이유가 있겠거니 생각하고 저희에게 물어보시면 될 일을 왜 화까지 내세요?"

이성과 감정이 시소질을 하면서 올라갔다 내려오기를 반복했다. 어르신의 부릅뜬 두 눈, 허공을 향해 치켜든 손을 보는 순간, 나는 이성이 아닌 감정을 호출하고 말았다.

"왜, 때리시게요?"

"내가 못 때릴 것 같아?"

감정을 조절하는 것도 우리 업무의 하나이다. 우린 늘 '노인 인권'과 '노인 학대' 관련 교육을 받고 있음에도 불구하고 이성이 작동하지 않을 때가 있다. 집에 있는 가족들이 어르신을 보살피다가 더 이상 보살필 수 없는 상황이 되어서야 눈물을 머금고 요양원으로 보내는 경우가 대부분이다. 그런 까닭에 우리가 어르신에게 가져야 할 마땅한 감정은 '인지상정'과 '역지사지'이다. 그러나 인간은 이성과 감정이 공존하는 동물 아니던가? 감정을 조절하는 것도 우리의 업무라지만, 나는 아직 멀었나 보다.

질투는 나의 것

고참 요양보호사들이 내게 충고한다. 한 사람에게만 잘해주지 말라고. 맞는 말이다. 요양원에 오신 모든 어르신은 우리의 돌봄을 동등하게 받을 권리가 있다. 물론 나도 진심으로 모든 어르신에게 고르게 연민을 갖고 있으며, 단 한 순간도 그들보다 내가 월등하다고 생각해본 적이 없다. 어쩌면 여기 이곳에 계신 어르신들의 모습이 나의 미래이고, 우리 모두 여기에서 자유로울 수 없는 존재이므로.

다른 요양보호사의 눈에 내가 특정 어르신을 편애한다고 오해할 만한 여지는 충분하다. 하지만 난 그들에게 내 진심을 변명할 생각은 없다. 현실에서 그들 역시 모든 어르신을 '동등'하게 대하지 못하기 때문이다. 이 세상을 살아가는 우리는 모두 머리로는 알고 있어도, 온전히 실천하며 사는 사람은 별로 없을 것이다. 만약 그렇다면 빵 한 조각을 훔친 죄로 십구 년의 징역형을 받는 '장 발장'의 이야기가 고전으로 추앙받을 이유가 없지 않은가.

나는 인지가 있어서 대화가 가능한 어르신들과는 대화를 종종 한다. 그분들이 특별히 더 존엄한 존재여서가 아니다. 요양원에서 어르신들과의 대화는 '정서적 교류' 면에서 상당히 필요한 덕목이다. 그럼에도 불구하고 인지 있는 어르신들과의 사적인 대화가 오해를 불러일으킬 수 있으므로 되도록 삼가야 한다고 생각하는 요양보호사들이 상당히 많다. 나는 과외 교사로서 오랜 세월 말로 먹고 산 사람이라 그런지 대화하는 것이 정말 좋다. 더불어 대화를 통해 어르신들의 내면을 알아가는 일이 내게는 참으로 소중하다.

인지가 없으신 어르신들이 헛소리를 해도 나는 일일이 대답해 드린다. 예를 들어 섬망 증세를 보이는 어르신이 밤에 자신이 길렀던 손자 이름을 자꾸 부르면 나는 조용히 다가가 귀에 대고 속삭인다.

"어르신, 손자 이름 부르지 말고, 매일 죽 가져오는 딸 이름 부르세요."

인지가 있고 천천히 걸을 수 있는 어르신이 계신다. 그분이 어느 날 나를 부르셨다.

"전화번호 좀 알려줘 봐."

나는 당황했지만, 인지가 있는 분이므로 수첩과 볼펜을 들고 나를 빤히 쳐다보며 받아 적을 준비를 하고 계신 어르신에게 물었다. 내 전화번호가 왜 필요하냐고. 그분의 수첩에는 요양보호사들의 이름이 빼곡히 적혀 있었다.

"우리 아들 중매 좀 해줘. 우리 아들이 이혼하고 혼자 사는데 혹시 주변에 아는 사람이 있으면 소개 좀 해달라는 거야."

나는 망설이다가 별일이 있겠나 싶어서 내 휴대폰 번호를 알려 드렸다. 그런 다음 난 그 일을 까맣게 잊었다.

"전 선생, 내가 저번에 부탁한 거, 알아봤어? 우리 아들 중매…."

난 생각조차 하지 않고 있던 일이라 당혹스러웠지만 어르신께서 실망하지 않도록 거짓말을 하는 방법을 택했다.

"어르신, 제가 알아보고 있는데 쉽지는 않네요. 주변에 혼자 사는 여자들도 없고."

"알아는 보고 있는 거지?"

"그럼요. 너무 기대하지는 마시고, 기다려보세요."

그렇게 육 개월쯤 흘렀을까? 하루는 모르는 번호로 전화가 걸

돌봄이 아니라 인생을 배우는 중입니다

려왔다.

"나 ○○○이야."

나는 한참을 생각한 끝에 그분이란 것을 알았다.

"아드님 중매 때문에 전화하셨어요?"

"아니야, 여름 티셔츠 몇 개만 사다 줄 수 있어?"

그런 자잘한 부탁은 사실 아들보다는 딸에게 하는 경우가 많은데 그분의 딸이 자주 오기에는 거리가 너무 멀었다. 그래서 어르신은 가끔 내게 전화를 하셔서 자잘한 부탁을 하신다. 그게 문제가 되었다. '동등'의 문제로. 인지 있는 다른 어르신의 질투를 불러올 수 있다는 이유로.

육십 대 중반의 나이에 뇌질환으로 요양원에 입소한 분이 계신다. 어르신이라고 부르기에 민망한, 그럼에도 그렇게 불러야 마땅한 어르신은 인지가 있지만, 상황을 정확하게 인지하고 판단할 만한 분별력은 다소 떨어지는 분이다. 감정 조절도 잘 안되고, 살아온 세월이 평탄하지 않았던 터라 성격도 원만하지 못하다. 그분은 혼자 걸어다닐 수 있고, 스스로 일상생활을 하는데 무리가 없다.

우리는 다른 날과 다름없이 새벽 5시 30분에 어르신들의 돌봄을 시작했다. 따뜻한 물수건으로 얼굴과 손을 씻겨 드리는데,

걸어다닐 수 있는 분들은 물수건을 거부하신다. 본인이 직접 화장실에 가서 세수와 양치를 할 수 있기 때문이다. 나머지 어르신들 중에도 혼자서 물수건으로 닦을 수 있는 정도이면 물수건을 나눠 드리고 나중에 회수한다. 요양원에서 가장 중요하게 생각하는 가치는 바로 어르신들의 '잔존 능력'을 유지할 수 있도록 돕는 일이기 때문이다. 그런 까닭에 가능하면 어르신 스스로 하실 수 있을 때까지는 본인이 하도록 하는 게 방침이다.

그런데 바로 그 젊은 어르신에게 질투가 생긴 것이다. 한 방에 기거하는 세 사람은 요양보호사가 얼굴과 목과 손을 닦아주는데, 정작 본인에게는 물수건조차 주지 않는 것이 질투의 이유였다.

"나는 왜 물수건 안 줘?"

"물수건으로 닦는 것보다 물로 닦는 게 훨씬 깨끗해서요."

"나는 왜 면도도 안 해줘?"

"혼자서 면도를 할 수 있는데 왜 저희들의 힘을 빌리려고 하세요?"

"나 면도 못 해. 나도 해줘."

나는 사실 화가 났지만, 꾹 참고 면도기를 들었다. 면도를 하려면 어르신의 얼굴에 손을 대고, 이리저리 만지기도 하면서 조심스럽게 면도를 해야 한다. 이분에게 '질투'의 감정을 불러일으킨 것은 바로 '이리저리 닿는 요양보호사의 손길'이었다. 그게 부러워서 혼자 할 수 있는 면도를 해달라고 떼 아닌 떼를 쓰신 것이다.

급기야 젊은 어르신의 생떼는 어이없는 해프닝을 불러일으켰다. 옆의 와상 어르신 기저귀를 갈고 있는데, 갑자기 당신도 기저귀를 하고 싶다고 하셨다. 나는 농담이겠지, 싶어서 건성으로 대답했다.

"어르신도 이렇게 누워계시면 기저귀 갈아 드릴게요."

내 말에 젊은 어르신은 침대 위에 벌렁 드러누웠다.

새로 들어온 요양보호사와 한 조로 기저귀를 갈게 되었다. 네 분이 한 방에 계시는데, 세 분은 기저귀를 사용하는 분이고, 한 분은 이동 변기에 앉을 수 있는 분이었다. 신입은 백 세 어르신의 기저귀를 갈게 되었는데, 그분은 백 세의 연세에도 불구하고 기저귀를 갈 때 몸을 옆으로 돌려주거나 엉덩이를 살짝 들어 달라는 우리의 요구를 다 알아들으시고, 그대로 하시는 분이었다. 신입은 어르신에 대한 고마운 마음을 칭찬으로 대신했다.

"아이고, 우리 어르신은 정말 곱고, 귀도 밝으시고, 식사도 잘 하시고, 아무 문제도 없으세요."

'아무 문제가 없다'는 그 말이 인지 있는 어르신의 심기를 건

드렸다.

"어이, ○ 선생. 그 사람이 문제가 있는지 없는지 선생이 어떻게 알아. 내가 옆에서 그 사람 때문에 얼마나 괴로운 줄 알아? 끙끙 소리를 하루종일 옆에서 들어봐, 얼마나 거슬리는지."

네 분 모두를 한꺼번에 칭찬할 수는 없지 않은가? 사소한 말 한마디에 신입은 "네, 제가 잘 몰라서 그랬습니다."를 연발해야만 했다.

앞에서 말했듯이 요양원에서 추구하는 가장 큰 돌봄의 기조는 '어르신의 잔존 능력을 유지, 혹은 향상'시키는 일임에 틀림이 없다. 하지만 예외 없는 규칙은 없다. 혼자서 식사를 잘하는 남자 어르신은 반찬을 드시지 않았다. 오로지 밥만 드시는 식사는 영양 불균형을 초래한다. 요양원에서는 식후 양치질까지는 혼자 하시게 해도, 식후 투약에 대해서는 확인을 하거나 약을 먹여 드려야 한다. 나는 남자 어르신이 밥만 반을 비운 것을 알고, 어르신에게 밥과 반찬을 먹여 드리기로 마음먹었다. 그분이 밥과 반찬을 거의 다 비우게 되었을 때 옆에 있던 다른 어르신이 조용하지만 단호하고 다소 화가 난 말투로 물으셨다.

"아니 밥을 혼자서 잘 먹는 사람에게 왜 밥을 먹여 줘요. 그렇게 시간이 많아요?"

돌봄이 아니라 인생을 배우는 중입니다

아이고머니, 이것도 일종의 질투였다. '질투와의 전쟁'을 선포할 수도 없고, 참으로 난감한 경우가 많다. 아무런 의사 표현도 하지 못하고 누워만 계신 어르신에게도 우린 눈길과 손길을 나눠 드린다. 어눌하지만 의사 표현을 어느 정도 하는 어르신에게도 우린 되지 않는 말을 주고받는다. 분명한 의사 표현이 가능한 어르신에게야 말해 무엇하랴. 보이는 것이 다가 아니듯 의사소통이 가능한 어르신을 대할 때와 그렇지 않은 어르신을 대할 때 우리의 태도는 달라 보일 수도 있다. 그래서 오해가 생기고, 질투가 생기고, 불화가 생기기도 한다.

중증 치매 어르신 한 분은 식판을 들고 들어가는 순간, 자신에게 먼저 밥을 달라고 하신다. 하지만 우린 그럴 수 없다. 그분이 언제 밥상을 엎을지 모르기 때문이다. 세 분 어르신에게 식판을 나눠 주는 순간에 그분의 욕설이 등에 와서 꽂힌다.

"나 먼저 줘, 이 씨발년아."

내가 아무리 전 씨라고 해도 그분은 언제나 '이 씨발년'이라고 하신다. 결국 그분의 속내에는 다른 사람에게 먼저 식사를 제공하는 것에 대한 질투의 감정이 있는 건 아닐까?

요양원의 세계도 자세히 들여다보면 세상의 축소판이라고 말할 수 있다. 밖에서 보는 요양원의 세계는 아무것도 모르는 치매 환자들이 주는 대로 먹고, 마시고, 잠자는 그런 곳! 그 이상도 이하도 아니라고 생각하기 쉽다. 치매에 걸렸어도 인간은 인간이니 그 원초적 감정마저 사라진 건 아닌 모양이다.

돌봄이 아니라 인생을 배우는 중입니다

우연, 그리고 필연

　우리 요양원에는 래퍼 어르신이 계신다. 이 어르신은 밤마다 랩을 하신다. 랩의 종류는 참으로 다양하다. 하나, 둘, 셋… 열에 가서 끝을 맺는데, "여얼!" 하고 누가 들어도 끝인 줄 알게 마침표를 찍는다. 그 다음에 '열하나'가 나올 만한 여지를 남기지 않고, 반드시 열에서 끝낸다. '이분은 숫자를 열까지밖에 못 세시나?' 하는 마음에 열하나, 열둘을 했더니 그 다음을 연이어 하시는 것으로 보아 우리의 예측이 틀렸다는 것을 알 수 있다.

　기저귀를 갈거나, 혹은 체위를 바꾸려고 할 때 어르신의 몸이 침대 밑으로 내려와 있는 경우, 어르신의 몸을 요양보호사 둘이서 잡고 동시에 올려야 한다. 그럴 때 우리는 하나, 둘에 준비하고 셋에 어르신을 들어서 위로 올린다. 우리는 늘 하던 대로 래퍼 어르신을 잡고 하나, 둘, 하는데 어르신이 자동적으로 그 다음을 하신다. 셋, 넷, 다섯, 여섯, 일곱, 여덟, 아홉, 여열!

숫자 말고 딱따구리 랩도 있다. 밤에 거의 쉼 없이 딱딱딱딱, 소리를 내실 때가 있다. 혹시 힘들지 않을까, 싶게 혀가 입천장에 닿는 소리를 계속 내신다. 그런 날 아침이면 어르신의 양 볼이 쑥 들어간 듯하고, 커다란 눈은 더 크고 퀭해 보인다.

"어르신, 산에 있는 나무를 밤새 딱따구리가 다 쪼아먹어서 산에 나무가 없어요."

"죽어, 죽어, 죽어."

"누가요?"

"내가."

어르신의 또 다른 랩은 방언랩이다. 흔히 '방언 터지다'라는 뜻의 방언 말이다. 쉬지 않고 무슨 말인가 하시는데, 도저히 알아들을 수 없는 말들을 밤이 새도록 쏟아내신다. 무슨 타령 같기도 하고, 민요조의 노래 같기도 하고, 말 그대로 방언 기도 같기도 한 그런 연속된 말.

어르신에게 밥을 먹여 드리는 일도 '미션 임파서블'에 준하는 작업이다. 어르신의 입을 열게 하는 것이 무척 어려운데, 입맛이 없거나 먹고 싶은 생각이 없으시면 수저를 이로 딱딱, 깨물면서 입안에 있던 음식물들을 모조리 반납하신다. 그러는 날엔 임무를 철수해야 한다. '임파서블'한 '미션'은 톰 크루즈나 가능한 일일 뿐이다. 우리는 그저 어르신이 식판을 뒤엎기 전에 얼른 치워야 한다. 다시 대체 음식을 드리면 되니까.

그런 어르신이 가끔 스스로 입을 벌리는 경우가 있다. 이것도 운때가 맞아야 한다. 어르신은 성당을 꽤 오래 다니셨다고 한다. 나 역시 십 년 정도 성당에 다녔던 터라 성당에서의 기도문을 어느 정도 기억하고 있다. 특히 성모송은 짧은 기도문이기도 하지만, 워낙 성당에서 많이 암송했던 기도문이라서 성당에 안 나간 지 십오 년이 지났어도 잊어버리지 않았다. 수저에 죽과 반찬을 담은 후, 어르신의 입술에 가까이 댄다. 아무런 움직임이 없을 때 나는 성모송을 바친다. 성당의 기도문은 대부분 선창과 후창이 있다.

"은총이 가득하신 마리아 님, 기뻐하소서.

주님께서 함께 계시니 여인 중에 복되시며,

태중의 아들 예수님 또한 복되시나이다."

여기에 이르면 어르신이 후창을 슬슬 하시기 시작한다.

"천주의 성모 마리아 님,

이제와 저희 죽을 때에

저희 죄인을 위하여 빌어주소서. 아멘."

그 다음에 내가 쓰는 방법이 또 하나 있다. 성당에서는 미사

때 성찬전례라는 의식을 행하는데 축성을 한 밀떡과 포도주를 신부님이 신도들에게 주면서 이렇게 말한다.

"이것은 내 몸이니 너희는 받아 먹으라."

"이것은 내 피이니 너희는 받아 마셔라."

너무 오랫동안 습관화된 의식을 어르신은 잊지 않으셨다. 어르신은 혀를 내밀어 음식을 받아 먹는다. '내 몸과 내 피'인 줄 알고.

그 다음은 큰며느리 버전이다. 며느리는 아마도 고전적 성품을 가진 사람 같았다. 시어머니를 대하는 말과 행동이 공손하고 예의 바른 것으로 보아 몸에 밴 습관처럼 보였다. 며느리는 음식을 펼쳐놓고, 잠깐 식전 기도를 한다. 그런 후 "어머님, 식사하세요." 한다. 그 말투에는 거역할 수 없는 묘한 마력이 있다. 상냥하지도, 그렇다고 무뚝뚝하지도 않지만, 그 중간쯤의 어조로 말한다.

"어머님, 식사하세요."

래퍼 어르신은 순간, 순한 양이 되어 "죽어, 죽어, 죽어" 하지도 않고, 음식을 뱉어내지도 않고, 수저를 이로 콱, 깨물어 더 이상 음식을 넣을 수 없게 하지도 않으신다.

그런 어르신이 요즘 랩을 안 하신다. 그날 아침도 식판을 어

돌봄이 아니라 인생을 배우는 중입니다

르신 앞에 놓고, 물을 먼저 먹여 드렸다. 벌어진 아랫입술 위로 물이 주르륵 흘렀다. '잠이 덜 깨서 그러시나?' 하고 식판을 치웠다. 삼십 분쯤 지나서 나는 부드러운 빵 한 조각을 수저로 으깬 후 두유를 섞어서 어르신에게로 갔다. 순간, 싸한 느낌이 전해왔다. 뭐라고 딱 꼬집어 말할 수 없는 불길한 느낌, 나는 직관적으로 그것이 무엇인지 알 것 같았다.

나는 체온계와 혈압기를 들고 뛰었다. 다른 요양보호사들을 불러모았다. 체온 이상 무, 혈압·맥박 이상 무, 혈당 체크 이상 무. 그 다음엔 산소포화도를 측정했다. 산소포화도는 80 이하가 나오면 위험하다고 했는데, 숫자가 뜨지 않았다. 다른 요양보호사들이 산소통을 끌고 왔다. 산소호흡기를 해드리고, 수치를 최대한 높였다. 그리고 원장님께 전화를 드렸다. 간호팀이 나오는 시간까지 우리는 원장님의 지시에 따라 움직였다. 어르신의 배에 핫팩을 대어 드리고, 팔과 다리를 주물렀다. 산소포화도의 수치가 0에서 85로 올랐다. 간호팀이 나오고, 사태는 어느 정도 진정이 되었다. 산소포화도 수치도 정상으로 돌아왔다. 이틀간의 야간 근무가 끝나는 날이었고, 이틀간 오프였다. 나는 쉬는 동안 요양원에 전화를 할 수 없었다. 노인들은 '밤새 안녕'이라고 한다지만, 그래도 이렇게 허무하게 가시면 어쩌나 싶었다. 불길한 예감을 애써 누르며 출근 날을 기다렸다.

이틀 후 출근하자마자 어르신이 계신 방을 먼저 쳐다보았다. 어르신이 그 자리에 계셨다. 그제야 나는 안도의 한숨을 쉬었다. 내 직업에 이렇게 자부심을 가져본 적이 있을까 싶을 만큼 자존감이 훨훨 타올랐다. 만약, 내가 어르신의 식판을 치운 후, 다시 간식거리를 가져다 드리지 않았다면, 어르신의 이상 징후를 빨리 알아차리지 못했다면, 다른 요양보호사들과의 발빠른 대처가 이루어지지 않았다면, 어떻게 되었을까?

나는 이 모든 상황 뒤에 우연과 필연이 공존했다고 생각한다. 우연이었어도 필연이 되는, 이 묘한 섭리에 감사했다. 내가 어르신을 살린 것이 아니어도 상관없다. 내가 그 자리에 있을 수 있음에 감사할 뿐.

지인 중에 남편의 갑작스런 죽음으로 생계를 위해서 요양보호사 자격증을 딴 사람이 있다. 2008년 노인장기요양보험 제도가 도입되고, 너도나도 요양보호사 자격증 붐이 일었다. 치매 걸린 부모님을 둔 사람들만이 아니라, 늙어서도 일할 수 있다는 말에 중년 여성들이 대거 자격증을 취득했다. 지인도 그때 자격증을 땄지만, 실습을 하고 나서 마음이 바뀌었다고 했다.

"나도 당신처럼 남을 가르칠 수 있는 능력이 있으면 얼마나 좋겠어. 내가 요양원에 실습을 나가보니까, 난 못하겠더라. 내

돌봄이 아니라 인생을 배우는 중입니다

가 성당 봉사만 이십 년을 다녔어. 근데 그때는 몰랐어. 내가 직업적으로 하는 것과 단순한 봉사는 다르다는 것을. 나는 절대 못해."

자격증을 딴 대다수의 중년 여성들이 자격증을 장롱에 넣어두고 있다. '절대' 못하는 사람도 상당히 많다는 이야기다. 사람마다 '절대' 못하는 일이 있다. 나더러 운동선수가 되라고 하면, 나더러 영업사원이 되라고 하면, 나는 '절대' 못한다고 말할 것이다. 요양보호사의 일이 아무나 할 수 있는 일이라고 생각하기 쉽다. 그래서 누구나 자격증을 취득한다. 취업의 문도 상당히 넓다. 하지만 통계적 수치를 보라. 실제 자격증 취득자의 삼분의 일도 취업하지 않는다. 못하는 것이 아니라 안 하는 것이다.

나도 내가 요양보호사가 될 줄 꿈에도 몰랐다. 차라리 청소를 하면 했지, 그랬다. 그래서 실제로 사 개월 정도 병원 청소를 하기도 했다. 그 사 개월은 하루 두 시간 정도의 아르바이트 수준의 일이었기에 가능했다. 실제로 새벽에 출근해서 대형 성형외과 건물 청소를 딱 하루 하고 그만두었다. 나의 체력이 받쳐주지 못했다. 내가 과외를 하던 신도시의 대형 건물에서 청소를 하며 바라보던 바깥의 풍경과 그곳에 오는 중산층 여성들의 일상이 나의 자존감을 마구 뭉개버리는 느낌도 싫었다. 나는 딱 하루만 하고, 최저시급을 받고 청산했다. 내가 '절대' 못하는 일이었다.

내가 이곳에서 래퍼 어르신과 함께 새벽을 맞는 일은 결코 우연이 아니다. 성형외과 건물에서 나는 우연을 만나지 못한 것이다. 우연히 청소를 할 수 있다고 믿었던 내 감정이 우연을 걷어차고 나온 것이기에 나에게는 청소부로 살 수도 있는 '필연'이 생기지 않은 것이다.

나는 요양보호사로 일하는 지금이 참으로 행복하다. 내가 죽음을 맞는 그 순간 나에게 가장 잘한 선택이 무엇이었느냐고 묻는다면, 나는 말할 수 있을 것 같다. 남들의 눈에는 하찮게 보이는 이 일이, 나에겐 참으로 소중한 일이었고, 나름대로 최선을 다해서 어르신을 돌보았던 일은 참으로 잘한 선택이었다고.

내가 우연히, 정말 우연히 요양보호사 일을 하게 되었을까? 꽤 오래전 나는 후배 시어머니가 입원해 계시는 요양병원으로 병문안을 간 적이 있다. 당시 요양병원이 위치한 동네에서 과외를 하고 있었기에 남는 시간을 이용해서 서너 번 면회를 하러 갔다. 한 방에 여섯 분의 노인들이 계셨는데, 나는 그곳에만 가면 한 시간 이상 수다를 떨어도 전혀 지루함을 느끼지 않았다. 심지어 휴게실에 모인 노인들과도 수다를 떨었다. 우리 엄마와는 다정한 말 한마디, 따뜻한 말 한마디 나눈 적이 거의 없는 내가 말이다.

아주 잠시지만, 나는 서너 달 정도 어르신들의 한글 교실에서 한글을 가르친 적이 있다. 한글을 모르고 사는 게 어떤 것인지 잘 몰랐던 나에게 문맹의 노인들은 충격이었다. 식당에 가서 메뉴판에 적힌 동태찌개와 된장찌개를 알아보지 못하는 일, 버스에 적힌 행선지를 찾지 못하는 일, 은행에 가서 제 손으로 계좌이체를 못하는 일, 노래방에 가서 노래 제목을 못 읽는 삶. 나는 어르신들과 공부하면서 참으로 즐거웠다. 숙제 공책을 내밀며 부끄러워하시던 할머니의 투박하고 거친 손을 잡을 때 행복했다. 그러므로 나는 요양보호사가 되어 래퍼 어르신의 아침 식사를 드리게 된 일, 어르신의 이상 징후를 발견하고 빠르게 대처한 일이 결코 우연만은 아니라고 믿는다.

이제 래퍼 어르신의 랩은 강하고 격렬했던 어조에서 조용하고 나직한 소리로 바뀌었다.

서서히, 느닷없이

🌻🌷🌼🌱

나의 폐경은 느닷없이 왔다. 어느 날 뚝. 그러려니 했다. 여성 호르몬이 나오지 않는 것이 어떤 증세로 나타나는지 알고 있었지만, 나의 증상은 특별했다. 비닐봉지에 사과를 담아서 들고 오는데, 손가락의 힘이 풀려 봉지를 놓쳤다. 사과는 사방으로 흩어졌고, 너무 당황스러웠다. 겨우 사과를 주워 봉지에 다시 담았다. 봉지를 다시 집어 들려고 손가락을 구부렸는데, 힘을 줄 수가 없었다. 결국 나는 사과가 담긴 봉지를 들지 못하고, 가슴에 안고 집으로 돌아왔다.

서너 군데 정형외과를 돌며 별별 치료를 다 받았다. 하지만 나는 여전히 물건이 담긴 비닐봉지를 손가락을 구부려서 들지 못했다. 정형외과 의사가 정신과를 가보라고 했다. '아니 손가락

돌봄이 아니라 인생을 배우는 중입니다

에 힘이 없어지는 것과 정신과가 무슨 관계란 말인가?' 손가락에 문제가 없다면 정신에 문제가 있는 것이라는 의사의 말에 나는 신경정신과에 가서 상담을 받았다. 의사는 나의 말을 진지하게 듣더니 다시 산부인과에 가보라고 했다. 나는 산부인과에 가서 여성 호르몬제 처방을 받아서 먹고 일주일쯤 지났을 때부터 손가락을 정상적으로 움직일 수 있게 되었다. 갑작스러운 폐경으로 여성호르몬 분비가 뚝 끊기자 몸이 그 충격을 받아들이지 못하고 이상 징후가 생긴 것이다.

노화와 질병은 '서서히', 그리고 '느닷없이' 찾아온다. 얼마 전 주변 지인 두 명의 소식을 잇따라 전해 들었다. 아주 친하지는 않지만, 가끔 만나서 함께 식사도 하고 대화도 나누는 사이였다. 한 명은 갑작스러운 뇌출혈로 두 달째 중환자실에 있다고 하고, 다른 한 명은 얼마전 위암으로 세상을 떴다고…. 둘의 나이를 합쳐서 딱 백!

예전에 간암으로 입원 중인 사람의 문병을 간 적이 있다. 그분은 평소 과묵한 사람이었는데, 자신이 겪는 통증을 이렇게 표현했다.

"내 몸을 도마에 올려놓고 칼로 잘근잘근 다지는 것 같아요."

나는 어떤 글에서도 이런 묘사를 본 적이 없다. 그 말을 듣는 순간 통증의 강도가 내게 고스란히 전해졌다. 내가 호스피스 강의를 들을 때 간호사 한 분이 이런 말을 했다.

"여자가 아기를 낳는 통증의 정도를 '7'로 본다면 말기 암 환자의 통증은 '10'입니다."

이렇게 수치로 표현된 통증도 이입이 된다. 그러나 통증의 강도가 상대방에게 전해진다거나 이입이 된다고 해서 그 사람의 통증을 똑같이 느낄 수는 없다. 우리는 서로 다른 몸이므로.

남다른 가족사를 안고 살아온 나는 비교적 독립적이다. 가족에 대해 애착이나 연민이 다른 사람들에 비해 덜하다. 인생의 벼랑 끝에도 여러 번 몰렸지만, 그런 상황에서도 친정으로부터 그어떤 도움을 받지도 청하지도 못했으니 어쩌면 당연한지도 모른다.

생전 전화 한 번 주고받은 적 없던 그 오빠가 고칠 수 없는 병에 걸렸다는 소식을 들었다. 나는 오빠에게 전화를 했다. 역시 오빠는 전화를 받지 않았다. 그렇다. 무슨 이야기를 하겠는가? 서로 무슨 할 말이 있겠는가. 나는 긴 고민 끝에 오빠에게 문자 한 통을 보냈다.

"오빠, 날씨가 춥다. 옷 따뜻하게 입고 다녀."

그 후 오빠가 견뎌야 할 통증의 무게는 실로 헤아릴 수 없을 만큼 컸을 것이다. 그 무게를 일 년쯤 견디고 오빠는 세상을 버렸다.

나는 늙음, 통증, 고통에 대해 끊임없이 알아가려고 노력했다. 인생에 대해서 또한 그러했으며, 이제 돌봄의 삶을 통해 가까이에서 느끼고 있다.

내가 길냥이 두 마리를 입양해서 키운 지가 어느덧 십 년. 고양이들도 나와 같이 늙어간다. 나는 특히 뚱순이 미나가 움직이지 않을 때 가슴이 철렁한다. 그들의 움직임은 현저히 줄었으며, 잽싸게 나를 피해 다녔던 깡마른 미오가 이제 순순히 내 손에 잡힐 때 나는 그 아이를 품에 안고 연민을 담아 토닥인다. 너도 늙었구나, 엄마처럼.

아, 이런 거. 이런 느낌. 필멸의 삶이 주는 유한성. 그 앞에서 우리는 무얼 해야 하는가? 언젠가 우리는 누군가의 돌봄을 받는 시간이 온다. 그 시간이 짧든 길든…. 돌봄을 받는 사람이 되었을 때를 준비하라고들 한다. '그게 무슨 말이지?' 하고 되묻는 사람들이 있을 것이다.

요양원에 오신 어르신들은 돌봄을 받는 분들이다. 주로 누워 계신 어르신들 중에도 우리의 돌봄을 받을 때 진심으로 고마움을 표현하시는 분들이 있다. 그건 사소한 일에서도 알 수 있다. 간식을 드시고 난 후 컵이나 접시를 우리에게 건넬 때 "고마워요. 잘 먹었어요." 하는 말 한마디. 밥을 먹여 드릴 때 나더러 자꾸 한 숟가락 먹어보라고 권하는 마음씨. 기저귀를 갈 때 있는 힘껏 엉덩이를 들어주시는 어르신의 배려. 주름 가득 진 얼굴을 만지면 배시시 웃어주는 그 미소에 담긴 공감. 이런 어르신들은 좋은 돌봄을 받기 위해 노력을 했다기보다는 몸에 밴 습속이 남아 돌보는 우리를 흐뭇하게 하는 것이다.

하루는 인지 있는 어르신이 내게 물었다.

"전 선생은 내가 알기로 많이 배우고, 좋은 직장에도 다녔다고 했는데, 그런 일을 계속하지 왜 이렇게 천한 일을 하는 거요?"

"어르신, 저는 이 일이 천하다고 여기지 않아요. 어르신은 어찌 생각하시는지 모르지만, 저는 이 세상에서 천한 일이 무엇인지 잘 모르겠어요."

하지만 이런 대답을 했던 나도 '직업에 귀천이 따로 없다'는 소신이 흔들릴 때가 많다. 예전에 남자 고등학생 셋을 모아서 그룹 과외를 한 적이 있다. 셋은 친구였는데, 그 중 한 학생은 머리가 무척 좋았고, 또 한 학생은 열심히 하려고 했지만 머리가 따라주지 않았다. 시간이 꽤 흘렀고 이제는 사회인이 되었을 그 아이들 중 한 명을 길에서 만났다. 낯이 익은 청년이 환경미화원

돌봄이 아니라 인생을 배우는 중입니다

옷을 입고 거리에 서 있었다. 나는 아르바이트를 하겠거니 생각했다. 하지만 인사성 바른 아이와 눈이 마주쳤을 때 내가 한 말은 나도 뜻밖이었다.

"네가 왜?"

단 한순간의 망설임도 없이 그 아이는 이렇게 대답했다.

"선생님, 저 2019년도에 환경미화원 시험 봐서 합격했구요. 저 미화원으로 일하고 있어요. 참 형진이 아시죠? 걔는 삼성에 들어갔어요."

형진이라는 아이는 머리가 좋아서 공부를 잘했던 학생이다. 8월의 뙤약볕 아래서 나는 서늘한 부끄러움을 느껴야 했다. 아이는 너무나 당당한데, 나는 왜 그 순간 그런 질문을 했을까? 대기업 삼성과 환경미화원의 차이. 그렇게 따지면 요양보호사는 손주나 볼 나이의 여자들(대부분이)이 노년의 돈벌이를 위해서 최저시급에 감사해하며 치매 어르신 수발 드는, 한낱 천한 직업이 아닌가?

초고령화 사회의 진입을 앞둔 시점에 '오래 사는 것'이 축복이 아니라 '저주'로 다가오는 것은 아마도 '통증'과 '치매' 혹은 '고독' 때문이라고 생각한다. 요양원에 근무하는 사람들은 그 세 가지를 고스란히 보고 있으므로 덜 두렵기도, 때론 더 두렵기도 하다.

솔직히 나는 요양보호사로서 내가 제공할 수 있는 좋은 돌봄에 대해서만 생각해왔다. 그런 까닭에 좋은 돌봄을 받기 위해 연습이 필요하다는 생각까지는 하지 못했다. 앞에서도 언급했지만 어르신들 개개인의 역사는 다 다르다. 그 역사를 거쳐오면서 개인의 성향과 습관은 저마다 독특하게 고착되었을 것이다. 우리 역시 자신의 성향과 습관을 형성해가는 중이다. 이 사실을 아는 우리는 이제 '좋은 돌봄을 받는 몸'이 되기 위한 연습을 해야 한다. 물론 잠을 자다가 조용히 가는 사람은 열외이겠으나, 그런 사람이 몇이나 되겠는가?

헬스장에 가서 근력 운동을 하고, 뱃살을 줄이고, 몸에 좋은 비타민을 먹고, 삼시 세끼 균형 잡힌 식사를 하고…, 뭐 그런 거 말고 이런 거 말이다. 어차피 가지고 갈 재산 아닌데 기부도 좀 하고, 땡볕에 폐지를 줍는 허리 굽은 노인네들에게 음료수 한 잔 드리는 것, 인간에 대한 예의를 지키며 사는 것, 살아 있는 동물을 학대하지 않는 것, 지구 전체 환경을 생각하며 분리 수거라도 잘하는 것, 노점상에게 사과 한 바구니 사면서 덤 달라고 떼쓰지 않는 것, 환경미화원은 대학 나온 젊은이가 하는 일이 아니라는 편견을 버리며 사는 것, 정화조 청소를 못 하게 되면 벌어질 일들을 상상하며 그들의 삶을 존중하며 사는 것, 뭐 이런 것들은 어떤가?

돌봄이 아니라 인생을 배우는 중입니다

함께 요양보호사가 된 친구가 있다. 그녀는 신도시에 아파트 세 채를 갭 투자로 마련했다. 이자만 갚는 기간이 끝나고 원금 상환이 시작되자 남편의 벌이로는 감당이 안 됐던 그녀는 재가 요양보호와 건물 청소를 하면서 버티기 시작했다. 그녀의 몸은 그다지 건강하지 않았다. 유방암 수술을 해서 손을 번쩍 들 때면 몹시 고통스러워했다. 나는 집 한 채를 팔라고 권했지만, 지금은 시기가 아니라고 했다.

그녀가 재가요양보호를 하는 집의 부부는 맞벌이였다. 남편은 의사이고, 아내는 변호사이다. 어느 날 변호사인 아내가 그녀에게 전화를 걸었단다.

"우리 원장님(자신의 남편)이 선생님을 저녁에 뵙고 싶다는데, 혹시 저녁에 시간이 되세요?"

병원 원장님이 자신의 아버지를 돌보는 요양보호사를 독대하자는 말에 그녀는 황송했다고 한다. '감히, 어찌 그런 분과 독대를?' 약속 시간에 맞춰 그녀는 아파트의 벨을 눌렀고, 아내가 문을 열어주었다. 현관에서 신발을 벗는데 거실 저쪽에서 원장인 남편은 텔레비전을 보며 복숭아를 먹고 있었다. 그녀를 향해서는 눈길 한번 주지 않은 채로. 그래도 변호사 사모와 주방 탁자에서 독대를 하는 그녀의 마음은 서운하지 않았다고 했다. 변호사 사모가 대신 독대를 해주지 않았는가?

"선생님, 우리집에 오는 도우미 아주머니가 일을 너무 성의 없이 해서…. 이참에 선생님으로 교체하고 싶은데, 선생님이 저희 아버님 돌보면서 집안일도 함께하는 것이 어떨까요?"

그녀가 아무리 황송한 상황에 놓였어도 신도시에 아파트를 세 채씩이나 소유한 이재에 밝은 사람 아니겠는가? 사모의 제안은 도우미 아주머니의 일당 절반만 주는 것이었단다. 택도 없는 제안을 그녀는 단호히 거절했다. 물론 그 거절로 인해 그 집의 요양보호 일도 더는 맡을 수 없었다고…. 신발을 다 신고 인사를 하려는데, 병원 원장인 남편은 여전히 복숭아를 먹으면서 텔레비전을 보고 있었다. 택도 없는 변호사 사모의 마지막 요청.

"선생님, 가시기 전에 저희 아버님 기저귀 좀 갈아주고 가세요."

결국 그녀는 그만두는 마당에도 어르신의 기저귀를 갈아주었다고 한다.

돌봄이 아니라 인생을 배우는 중입니다

준비된 이별

　보통의 사람들은 나이를 중심으로 죽음을 규정짓는다. '그래도 여든 살까지는 살아야지.' 지금은 아마도 아흔 살까지로 늘어나지 않았을까? 내 부모님도 모두 팔순이 지나서 돌아가셨다. 그런 탓일까. 나도 무의식적으로 '나도 그때까지는 살지 않을까'라는 생각이 자리하고 있는 듯하다. 지금은 아니지만, 한때 나는 작가 전혜린처럼 일회적인 삶에서 오래 사는 것의 의미를 찾지 못했다. 그래서 가끔, 아주 가끔, 삶이 너무 힘들 때 '스스로 생을 마감하는 일'에 대해 긍정적으로 검토한 적도 있다. 내가 원해서 태어난 삶은 아니나 죽음만큼은 내 의지대로 해도 된다는, 억지 논리를 펴면서….

　내가 처음 접한 죽음은 아버지였다. 전화를 받고 병원에 도착

했을 때 아버지의 시신은 흰 천에 덮여 있었다. 키가 컸던 아버지는 흰 천으로 다 가려지지 않아 복숭아뼈 아래 맨발이 시리게 나와 있었다. 나도 모르게 아버지의 발을 만지고 있었다. 냉장고의 온도보다는 조금 덜 차가운 촉감. 돌아가시기 일주일 전에 내 엄마의 안부를 묻던 아버지는 82세의 나이로 세상을 떠나셨다. 지병이 없었던 분이라 새벽에 쓰러졌을 때 바로 병원으로 옮겼더라면, 어쩌면 아버지의 생명은 연장되었을지도 모른다. 하지만 아버지는 병원행을 완강히 거부하셨다고 한다. 아버지다운 최후였다. 당신의 아내가 십사 년간 복막 투석을 받으며 한 방에서 보냈던 시간이 아버지에게는 참으로 버티기 힘든 형벌처럼 느껴졌을 것이다.

두 번째 죽음은 엄마 곁을 잠깐 지켰던 막내오빠였다. 사업에 실패한 후 술로 세월을 보내던 오빠는 환갑이 되기 전에 죽었다.

세 번째 죽음은 치매 발병 후 3년을 보낸 내 엄마의 죽음이었다. 뒤이어 나오는 관계가 소원했던 첫째 오빠가 루게릭 병으로 일 년을 투병하다가 세상을 떠났다. 그 후 시아버지와 시동생이 세상을 떠났다.

그래서 나는 내가 여든이 넘도록 살 수 있을 거란 생각을 버리기로 했다. 내 가족의 죽음을 통해서 나는 죽음에 대해 호들갑스럽게 이야기하지 말아야 한다는 것을 배웠다. 너무나 보편적

돌봄이 아니라 인생을 배우는 중입니다

인 일이므로. 그 누구도 예외가 될 수 없는 일이므로. 태어난 이상 언제라도 이별이 오는 것은 그리 이상한 일이 아니라는 것을 알게 되었다.

한 부부는 아내가 먼저 우리 요양원에 입소한 후 남편이 따라 입소했다. 남편은 귀가 잘 안 들리고 노환으로 인한 여러 가지 질병에 시달리고 계셨다. 남편은 입소하자마자 아내가 있는 방으로 향했다. 아내는 새벽마다 부르던 남편을 알아보지 못하셨다. 남편은 아내의 손을 잡고, 아내의 얼굴을 한참 들여다보다가 자신의 방으로 돌아가셨다. 남편의 침대 옆에는 《당시정해》라는 두껍고 낡은 책 한 권이 놓여 있었다. 하지만 그분이 그 책을 읽는 모습은 볼 수 없었다. 귀가 잘 안 들리기 때문에 필담으로 소통했다. 어느 날 남편은 공책에 이렇게 써서 내게 보여주었다.

"여기선 안락사 안 시켜주나요?"

남편은 이곳이 요양원인 줄 모르셨거나, 요양원인 줄 아셨어도 요양원이 구체적으로 어떤 곳인지 잘 모르셨거나, 둘 중 하나였을 것이다.

"어르신, 우리나라는 안락사가 합법화되지 않았다고 알고 있어요. 왜 그런 생각을 하세요. 할머님도 계시고, 자식들도 있는데 그런 생각은 하지 마세요."

별 도움이 되지 않는 위로라고 생각했지만, 내가 할 수 있는 최선의 대답이었다. 남편은 아흐레 동안 두유만 마시다가 돌아가셨다. 이상하게 들릴지 모르겠지만, 새벽마다 남편을 부르던 아내는 그날만큼은 남편을 부르지 않으셨다. 나는 남편의 선택을 보면서 내 아버지를 떠올렸다.

어르신 중에 남편이 목사인 분이 계셨다. 아주 갸냘픈 몸매에 작은 얼굴, 오똑한 콧날, 새하얀 피부. 어르신은 상당한 미인이셨다. 말씀도 조용조용하게 하시고, 경미한 치매 증세가 있었지만 대화가 가능한 어르신이었다. 어르신을 보러 목사 어르신은 매일 오셨다. 휠체어를 타고 재가요양보호사의 보호 아래 아내를 만나러 매일 오던 남편은 결국 고관절 골절로 수술을 받은 후 아내가 있는 요양원으로 입소하게 되셨다. 마침 2인실이 비어 있어서 원장님은 노부부를 한 방에 계시도록 배려했다.

당뇨병을 앓고 있던 사모 어르신은 발가락부터 괴사가 시작되었다. 병원에 가도 의사는 어르신의 나이가 너무 많다며 수술을 권하지 않았다. 문제는 사모 어르신이 식사를 거의 못 드신다는 것이었다. 미음 한 술을 드시는 데 삼십 분이 걸렸다. 의사는 콧줄을 권했지만, 가족들은 선뜻 결정을 내리지 못했다. 목사 어르신 역시 어떻게 해야 옳은 판단인지 자식들의 결정만 기다리고 있었다. 간호사 자격증을 가진 원장님 역시 콧줄을 권했다.

부부의 막내딸이 면회를 와서 엄마에게 미음을 먹여보다가 결국 포기하고 말았다. 평소 가볍게 인사말 정도만 건네던 막내딸은 요양원 문을 열어주는 나의 손을 붙잡고 물었다.

"언니, 언니라고 생각하고 말할게요. 언니의 엄마라면 어떻게 하시겠어요? 콧줄을 하는 게 맞는 걸까요? 하도 막막하고 답답해서 그래요."

"나라면, 우리 엄마라면, 나는 할 거예요. 뭘 그리 깊게 생각해요. 엄마에게 시간이 얼마 남지 않았다는 것은 가족 모두 알고 있잖아요. 그런데 물도 못 삼키고, 식사도 못 드시고, 약도 못 드시는데 얼마나 고통스러우시겠어요. 배 고프고 통증이 심한 것과, 배는 덜 고프고 통증은 약으로 어느 정도 약화시킬 수 있다면 어떤 것을 선택하시겠어요."

그날 나는 함께 야간 근무를 하던 오래된 고참 요양보호사들에게서 진심 어린 충고를 들어야 했다.

"요양보호사가 보호자의 선택에 관여했다가 만약에 잘못되기라도 하면 그 책임은 고스란히 요양보호사가 져야 해요. 제발 선불리 나서서 참견하지 말아요."

이런 충고는 같은 요양보호사인 나를 위해 하는 말이라는 걸 모르지 않는다. 하지만 그 말의 바탕에는 책임을 지고 싶지 않다는 '이기심'과 '요양보호사 주제에'라는 열등감이 배어 있다고 생각한다. 나는 강하게 반박했다.

"의사가 권하고, 원장님도 권하는 일인데, 왜 내가 책임을 져요? 그리고 무슨 책임질 일이 있겠어요?"

"만약에 콧줄을 끼우다가 잘못되기라도 하면, 그걸 권한 요양보호사가 책임을 져야 하잖아요."

사모 어르신은 콧줄을 끼우고 약 한 달 정도 살다가 임종하셨다. 임종하시는 날 밤 목사 어르신은 아내에게 제법 긴 인사말을 하시는 것 같았다. 그리고 조용히 흐느끼는 소리가 들렸다. 나는 닫힌 문 밖에서 작은 유리창으로 방안을 들여다보았다. 남편은 아내의 이마에 입맞춤을 하고, 준비된 이별 의식을 하고 있었다.

"사랑해, 여보. 내가 너무너무 사랑한 거 알지? 우리 천국에서 다시 만나요."

목사 어르신 부부의 '이별 의식'은 아프고, 성스럽고, 드문 일이었다.

우리나라만 그런 것인지는 잘 모르겠으나 부모의 임종을 지키는 일이 매우 중요한 정도를 넘어서, 효와 불효를 가르는 기준으로까지 여기는 문화를 나는 이해할 수 없다. 나는 요양보호사를 하기 전부터 내 엄마의 마지막을 보는 것이 감정의 임계점을 넘을 정도로 버거운 일이었다. '준비된 이별'은 어쩌면 죽을 때 현장에서 직접 보는 것이 아니라 마음으로 보내 드리는 것이라고 생각한다.

요양보호사로 일하면서 나는 많은 임종을 지켜보았다. 임종이 가까워오면 병원으로 이송하는 경우도 있지만, 보호자가 요구하면 요양원에서 어르신의 임종을 지키기도 한다. 앞서 말했듯이 나는 내 아버지의 다리를 만졌을 때 슬픔보다 차가운 촉감에 가슴이 시렸다. 그리고 어르신들의 임종을 지켜보면서도 그리 무섭거나 겁이 난 적은 없다. '그리 호들갑을 떨 만큼' 대단하고 특별한 일이 아니라고 생각하기 때문이다.

존재와 비존재의 순간을 지켜보는 일은 분명 경건하고 숙연하다. 조금 전까지 따뜻했던 몸이 서서히 식어가고, 입은 벌어지고, 맥박이 느려지고, 혈압기에 'ERROR'가 뜨고, 눈은 감기거나 떠진 채 창백해지는 얼굴빛….

태어났기 때문에 살았고, 수명이 다해서 죽는 일, 그것이 '순리' 아닌가? 이론적으로는 이해해도 눈물이 난다. 한 생애가 내 앞에서 스러지는 일, 그걸 보고 있으면 내가 아무것도 아닌 것 같고, 내가 소중한 존재인 것 같고, 살아 있음에 감사하고, 살아 있음에 절망하고, 죽음이 별것 아닌 것 같고, 죽음에 닿기 싫어 몸부림치고 싶다.

특히 죽음과의 교전이 한창인 요양원에서, 지극히 조용하지만 치열한 전투를 치르는 어르신들 곁을 지키는 우리는 그분들의 든든한 지원부대원으로서 최선을 다하고 있다. 죽음을 감정적으로 받아들이기보다 경건하고 숙연하게 맞이하도록 돕는 일, 그래서 삶의 마지막 날들이 아쉽지 않도록 거드는 일. 요양보호사들은 우리의 임무를 확인할 수 있을 때 보람을 찾을 수 있다고 감히 말하겠다.

죽음은, 그리하여 이곳에서 맞이하는 모든 죽음이 '준비해야 할 이별'이 아니라 '준비된 이별'이 될 수 있도록 말이다.

돌봄이 아니라 인생을 배우는 중입니다

우리의 미래를 케어하다

　　노인 인구의 급속한 증가는 유독 우리나라만의 문제는 아니다. 현대 사회에서 고령과 그에 따른 노환은 가족의 책임에서 사회 전체가 다 함께 받아들여야 할 국가적 문제로 점차 그 인식이 바뀌고 있다. 의학의 발달로 인해 인간의 수명은 갈수록 연장되지만, 노환은 벗어날 수 없는 인간의 숙명이다. 인간 수명의 연장과 이로 인한 고령 인구의 급증이 불러오는 각종 문제를 대부분의 국가들은 국가적 차원의 '노인복지'의 확대를 통해서 해결하려고 한다. 우리나라 역시 2008년부터 노인장기요양보험 제도를 도입하여 '오랜 보살핌'이 필요한 노인들에게 국가가 80퍼센트의 비용을 부담하고, 개인의 부담을 20퍼센트로 하여 '치매국가책임제'를 시행하고 있다.

우리나라는 노인장기요양보험 제도를 도입한 지 이제 겨우 십이 년, 1954년 처음 현대식 요양원을 도입한 미국에 비해 그 역사가 현저하게 짧다. 하지만 전 세계 모든 요양원이 가지고 있는 딜레마가 있다. 《어떻게 죽을 것인가》라는 책에서 저자 아툴 가완디는 이렇게 말한다.

"나쁜 요양원에서는 다툼이 심해지면 환자를 노인용 의자에 묶어놓거나 자물쇠를 채워놓기도 하고, 향정신성 약물을 투여해 화학적으로 진정시키기도 한다. 좋은 요양원에서는 직원들이 농담을 던지며 장난스럽게 손가락을 한두 번 흔들어 보이고, 환자가 숨겨둔 브라우니를 가져가기도 한다. 하지만 어느 요양원에서든 노인들이 원하는 삶을 살 수 있도록 도와주는 건 고사하고, 그들 옆에 앉아 지금 주어진 상황에서 어떤 삶을 살기 원하는지 묻는 사람조차 거의 없다. 우리가 병들고 약해져서 더 이상 스스로를 돌볼 수 없게 됐을 때도 삶을 가치 있게 살아가도록 하는 것 말이다."[*]

그리고 또 다른 책 《우리는 언젠가 죽는다》에서 저자 데이비드 실즈는 로널드 블라이스와 자코모 레오파르디의 인상적인 말을 다음과 같이 인용하고 있다.

[*]아툴 가완디, 《어떻게 죽을 것인가》, 김희정 옮김, 부키, 2015. p. 124

돌봄이 아니라 인생을 배우는 중입니다

"노인들에게는 접촉이 필요하다. 노인들은 키스와 포옹이 필요한 인생 단계에 다다랐다. 그러나 의사 외에는 누구도 그들을 만지지 않는다."*

"제일로 악한 것은 늙는 것이다. 온갖 즐거움을 앗아가면서도 즐거움을 바라는 마음은 남겨두고, 대신 온갖 고통을 안기기 때문이다. 그런데도 우리는 죽음을 두려워하고 늙은 채로 있기를 바란다."**

요양보호사를 포함하여 현장에서 일하는 대다수의 요양원 임직원들이 위에서 인용한 글을 읽으면서 이런 생각을 할 수도 있을 것이다.

"그 글을 쓴 작가는 치열한 요양원 현장에서 일해본 적이 있답니까? 그게 가능해요? 개 풀 뜯어 먹는 소리 하고 있네."

그런데 말이다. 만약, 그 대상이 나 자신이라면? 나도 언젠가 늙고 병들고, 내가 무슨 일을 하는지 모르는 순간이 왔을 때, 나도 요양원이란 곳에 가야만 한다면? 내가 정신줄을 놓는 순간이 와서 내 아들이 어쩔 수 없이 엄마가 평소 원하지 않던 선택을

---

*데이비드 실즈 ,《우리는 언젠가 죽는다》, 김명남 옮김, 문학동네, 2010. p. 251
**데이비드 실즈 ,《우리는 언젠가 죽는다》, 김명남 옮김, 문학동네, 2010. p. 284

하게 되었을 때, 정신이 멀쩡한 지금의 나라면 어떤 삶을 살고 싶은지 말할 수 있다. 하지만 그런 순간이 와서 내가 원하지 않는 삶을 강요받게 된다면…. 이런 생각을 한다면 이 문제는 단순해지지 않는다.

어느 누구도 치매로 요양원에서 삶을 마감하기를 원하는 사람은 없다. 시설이 엄청 훌륭하고, 유기농 식재료로 만든 음식을 제공하고, 식사 후 매일 일광욕을 시켜주고, 근육이 굳지 않도록 적당한 운동을 시켜주는 요양원이 늘어난다고 치자. 그 역시 어르신의 삶을 구속하고, 규제하고, 속박한다는 점에서는 다를 바가 없다. '우리 시설 좋은 요양원에서 삶을 마감하자.' 그렇게 말하는 사람은 거의 없다. 치매에 걸렸기 때문에 집에서 할 수 없는 일들을 요양원이라는 시설에서 대신하고 있지만, 개개인의 욕구를 다 충족하는 시스템을 만들 수는 없다. 다만, 내가 지금까지 말했던 이야기들―인간에 대한 기본적인 예의, 인지상정과 역지사지의 마음―처럼 생각을 바꾸려는 노력이 선행되어야 한다.

요양보호사가 현장에서 만나는 이들이 어르신들만은 아니다. 면회 온 보호자와 잠깐이라도 마주치거나, 때로는 조금 길게 이야기를 나누기도 한다. 그런데 '보호자'와 '요양보호사' 모두 호칭에 '보호'라는 글자가 들어가 있다고 해서 결코 동등한 관계는 아니다. 요양보호사도 일종의 서비스를 제공하는 사람들이므로 최선을 다해 보호자들이 불편하지 않도록 노력해야 한다. 하지만 보호자도 자신의 부모 곁을 스물네 시간 지키고 돌보는 요양보호사들이 직면해 있는 상황과 분투하는 과정을 정확히 이해하고 돕는 것이 당연하다는 사실을 알아야 한다.

자신의 부모를 맡겨놓고―물론 20퍼센트의 자기 부담금을 내면서―'이제 모든 것은 당신들이 알아서 하되, 만약 문제가 생기면 그 책임은 모두 당신들이 져라.' 하는 생각을 가진 보호자들이 많지는 않지만, 간혹 양쪽 모두의 입장이 되어보려는 노력조차 하지 않는 이기적인 보호자가 있기 마련이다.

물론 자기 부모의 임종을 지켜보고, 끝까지 예의를 갖춰서 저세상으로 부모를 보내드린 요양보호사에게 진심으로 감사를 표하는 보호자들이 많다. 하지만 보호자가 아무리 경황이 없다고 해도 그동안의 수고와 마지막을 마무리해준 요양보호사들을 돌아보지도 않는 경우도 있다. 그들도 미래에 돌봄을 받는 입장이 될 수도 있음을 잊어서는 안 된다. 우리 모두, 미래에 어떤 상황에 처할지 아무도 모르기 때문이다.

불이 꺼진 새벽의 긴 복도를 걸으며 생각한다. 코 고는 소리, 누군가를 부르는 소리, 몸을 뒤척이며 잠꼬대하는 소리, 기침

소리, 랩하는 소리, '어머니 어머니'를 목청 높여 불러대는 어르신…. 나는 머지않은 미래에 어떤 모습으로 늙어갈까? 나도 혹시 엄마처럼 콧줄을 자꾸 빼버려서 손에 억제대를 하고 있지 않을까? 혹은 아버지처럼 끝까지 병원에 가지 않고 집에서 생을 마감하게 될까? 내가 원하는 건 후자이지만, 정말 그렇게 될 수 있을까?

아주 오래전에 요양병원으로 지인의 면회를 간 적이 있었다. 거기서 만난 내 또래의 여자는 처음 보는 내게 자신의 희귀병 발병과 긴 투병 생활을 하소연했다. 언제까지 이렇게 살아야 하는지 답답하다고 말하는 그녀의 옆에는 꽤 많은 영양제와 화장품과 치료에 좋다고 해서 샀다는 비싼 기구들이 가득 쌓여 있었다. 살고 싶음과 죽고 싶음의 양가감정을 느끼며 사는 것 같았다.

그녀의 남편은 대기업에 다니고, 하나밖에 없는 아들은 지극한 효자라서 군에 가서도 매일 거의 같은 시간에 전화로 엄마의 안부를 물어왔다고 했다. 재테크에도 나름 성공해서 제법 많은 재산을 불려놓았고, 게다가 인자한 시어머니까지 어느 것 하나 빠지지 않는 전형적인 중산층의 부인으로 행복한 노후를 꿈꾸며 살았다.

그러던 어느 날 남편은 평택으로 출장을 갔고, 아들은 군에,

그녀는 시어머니가 보내주신 마늘쫑을 다듬어서 장아찌 만들 준비를 해놓고 샤워실로 들어갔다. 샤워기의 물을 틀어놓고 욕조에 앉아 있는데 전화벨이 울렸다. 물론 아들의 전화였다. 전화를 받으려고 몸을 일으켰으나 몸이 움직이지 않았다. 그녀는 그대로 정신을 잃고 말았다. 전화를 수십 통 해도 엄마가 전화를 안 받자 아들은 아버지에게 전화를 했고, 결국 남편은 평택에서 아내가 있는 집으로 차를 몰았다. 남편이 왔을 때 아내는 욕조에 둥둥 떠 있었다. 구급차를 불러서 병원으로 급히 이송했다. 의사는 앞으로 사흘 정도 살 수 있다고 했다. 아들은 의사 앞에서 무릎을 꿇고 매달렸단다. "살려만 주세요. 누워만 있어도 괜찮으니 살려만 주세요." 아들의 바람대로 엄마는 십오 년째 살고 있다. 이제 재테크로 모아둔 돈은 바닥이 났고, 대출을 받아서 병원비를 감당하고 있다고 한다.

나는 그녀의 이야기를 다 듣고 병원문을 나서면서 아들에게 전화를 했다.

"나는 네가 무뚝뚝하고, 독립적이어서 참 좋아. 네가 일본에 이 년간 유학 가 있는 동안 엄마에게 단 세 통의 전화를 했던 것도 참 좋아. 아마 그것도 뭐 보내 달라는 전화였었지. 앞으로도 넌 엄마 걱정하지 말고, 독립적으로 잘 살아야 돼."

아들은 '자다가 봉창 두드리는 듯한' 엄마의 전화에 무슨 일

있냐고 물었었다.

　그렇다. 우리는 지금을 살고 있고, 현재, 딱 지금 이 시점에 집중하며 살면 된다. 미래는 어찌 될지 모르고, 혹시 지금 우리가 하고 있는 돌봄을, 우리도 받게 된다면 그 또한 어찌하겠는가? 우리는 지금 우리의 미래를 돌보고 있는 것이다.

요양원에 관해 알아야 할
몇 가지 것들

요양원 설립 요건과 요양원의 구성

우리 동네를 산책하다가 새로 생긴 요양원을 발견했다. 3층짜리 건물 전체를 요양원으로 새단장해서 개원한 모양이다. 요양원의 설립 자격은 그리 까다롭지 않다. 사회복지사 1,2급 자격증 소지자와 의료계 종사자로 일정 기간 근무한 사람이면 요양원을 차릴 수 있다. 초고령화 시대로 접어들면서 요양원이 '사업'으로서 전망이 밝다고 생각한 사람들이 너도나도 요양원을 차리다 보니, 어르신 유치 문제의 어려움을 겪는 요양원이 많이 생기고 있다.

사람들이 '요양원' 하면 20~30명 이상의 어르신들이 입소해 있다고 생각하기 쉬운데, 5~9명 이하의 소규모 요양원도 있다. 소규모 요양원을 '노인요양공동생활가정'으로 분류하며, 사무실, 물리치료실, 식당 및 조리실을 갖춰야 한다. 10~30명 이하는 '노인요양시설'로 분

류되며, 사무실, 물리치료실, 식당, 침실, 세탁실, 목욕실 등을 갖춰야 한다. '노인요양시설' 중에서도 30인 이상 규모라면 사무실, 물리치료실, 식당, 자원봉사실, 요양보호사실 등을 공동 사용하지 않고, 각각 독립적으로 갖추어야 한다.

규모에 따른 요양원의 장단점을 객관적으로 특정할 수는 없다. 다만 어르신이 집과 비슷한 환경에서 생활하는 편이 더 낫다고 판단되면 작은 규모의 요양원을 선택하는 편이 옳다고 본다. 요양보호사도 저마다 생각이 다른데, 소규모 요양원보다는 거대 기업과 비슷한 구조의 요양원을 선호하는 사람이 상당히 많다. 내 개인적인 생각은, 100명이 넘는 요양원에서 일하면 몇 개월마다 교대로 층을 바꾸어서 일하므로 요양보호사 개인의 경험을 쌓는 데는 도움이 될 수 있겠지만, 어르신 개개인의 특성을 파악하는 데 어려움이 있을 수도 있다. 물론 소규모의 요양원이 갖지 못하는 시스템을 갖추고, 그에 맞는 시설과 체계를 갖추고 있을 것이고 요양원 운영면에서도 전문가를 원장으로 내세워 경영의 전문화를 꾀할 수 있다.

요양원은 원장과 시설장 그리고 부원장을 두는 경우도 있지만, 부원장 대신 경력이 오래된 요양보호사를 '팀장'으로 두고 운영하는 경우가 더 많다. 요양원에 다니는 사람만이 알 수 있는 은어가 있는데, 바로 요양보호사의 근무체계를 말하는 '퐁당당'과 '퐁당퐁당'이다. '퐁당당'은 오전 9시에 출근해서 다음날 오전 9시에 퇴근하고 이틀을 쉬

돌봄이 아니라 인생을 배우는 중입니다

는 체계이다. '퐁당퐁당'은 24시간 근무한 후 하루 쉬고, 다시 24시간 근무하는 것인데, 지금은 거의 사라진 근무체계이다. 지금 대부분의 요양원에서는 '주주야야비비'를 선호한다. 말 그대로 2교대이고, 드물지만 3교대의 근무체계를 고수하는 요양원도 있다.

요양원의 일상

어르신들의 하루는 어찌 보면 고양이가 캣휠(cat wheel)을 달리는 것처럼 단순하고 반복적이고 무의미해보일 수도 있다. 요양원의 일정에 따라 자신의 의지와는 무관하게 살고 있는 것처럼 보이지만, 그 반복을 더 이상 하지 못하고 떠난 다른 어르신들이 본다면 단순, 반복, 무의미가 축복이 될 수도 있지 않을까?

단순한 삶에 활력을 주는 것이 있다면 바로 요양원의 프로그램과 생일파티이다. 프로그램은 외부 강사를 초빙하여 진행하는 것도 있고, 자체 프로그램도 있다. 외부 강사가 하는 프로그램은 요양원마다 다르겠지만, 어르신들의 잔존 능력을 보존하게 하는 재활 레크레이션 프로그램이 있고, 트럼펫 연주와 자원봉사를 하는 가수가 춤을 추고 노래를 부르는 프로그램도 있다. 어르신들의 발을 마사지해주는 자체 프로그램과 공 던지기, 풍선 불기, 미로 찾기, 블록 쌓기, 색칠하기, 틀린 그림 찾기, 볼링 등 매우 다양하다. 하루에 한 시간 정도 어르신들과 요양보호사가 교감을 하는 시간이기도 하다.

한 달에 한 번, 혹은 두 달에 한 번씩 어르신들의 생신 잔치를 해드린다. 생신을 맞이한 어르신들에게 한복을 입혀 드리고, 돌잔치상 차리듯이 떡, 과일 등 각종 음식을 차려놓고, 요양보호사들이 어르신들 앞에서 생일축하 노래를 부르고, 적당한 율동을 하며 흥을 돋우는 일종의 파티이다. 여자 어르신의 얼굴에 볼연지를 살짝 칠하고, 입술에 립스틱까지 바르면, 곱디고운 옛날로 되돌아가지는 못하더라도 주름진 얼굴에 번지는 신기한 미소가 참으로 곱다는 생각을 하게 된다.

요양보호사와 보호자의 소통

대부분의 보호자들은 어르신들을 만나러 와서 자신이 누구라고 밝히면서 대화를 시작한다. 그 다음은 자신이 누구냐고 어르신에게 묻는다. 그건 바로 '치매'에 대한 선입견과 편견 때문이다. 보호자 자신이 어르신과 어떤 관계인지 그게 과연 궁금해서 묻는 것일까? 보호자 자신의 감정을 어르신에게 이입하려고 한다. 어르신의 입장이 되어보지 못했기 때문이다.

그냥 곁에 앉아서 부모님의 손을 잡아보자. 눈을 맞추고, 귀에 입을 대고 살며시 말해보자. '엄마, 나 왔어. 잘 지냈지?' 혹은 어르신의 볼에 손을 대고 온기를 느껴보자. 어르신의 팔과 다리를 주무르며 거칠지만 부드러운 촉감을 느껴보자. 눈을 오랫동안 바라보자. 아무것도 모를 것 같은 그 눈빛에서 흐르는 그리움과 사랑의 정체를 음미하

자. 그런 다음 어르신을 곁에서 24시간 지켜보는 요양보호사에게도 따뜻한 말 한마디 해주면 좋지 않을까. '요양원에 돈을 지불하고 있고, 너희는 노인들의 수발이나 드는 사람이므로 나는 당당하다'고 하는 태도 말고, '내가 못 하는 일을 대신 해주는 당신들이 있어서 나는 비교적 덜 고통스럽고, 내 일상을 유지할 수 있어서 참으로 고맙다'는 표현 말이다.

요양보호사들이 꼽는 진상 보호자 1위는 배려 없는 사람이다. 이 '배려'라는 말 속에는 정말 많은 의미가 내포되어 있다. 보통 한 방에 네 분의 어르신이 함께 계신다. 그런데 어떤 보호자는 면회 와서 자신의 부모만 살피는 경우가 있다. 공동생활에 대한 예의를 지키라는 것까지는 아니어도, 요양원에 계신 모든 어르신은 '돌봄'을 받고 있는 약자라는 사실을 알아야 한다. 사회적 약자에 대한 약간의 배려, 그것을 모르는 보호자가 바로 진상 아니겠는가. 간식거리도 한 사람 몫만 가져와서 자신의 가족만 챙겨 드린다. 곁의 어르신들은 보이지 않는 것이다.

요양보호사들의 친절을 당연시한 나머지 자그마한 실수에도 용납이란 것이 없다. 어르신의 임종 시간이 아주 늦은 밤이거나 새벽인 경우에는 가족들에게 연락하거나 장례 절차를 논의하느라 경황이 없을 수 있다. 하지만 자신의 부모를 돌보아 드렸고, 마지막을 잘 마무리해준 요양보호사들의 노고가 의무만은 아니란 사실을 그들은 왜 모를까. '고생했다. 그동안 고마웠다.'는 말 한마디면 모든 고달픔도 눈 녹듯 할 텐데, 인정 없이 휙 가버리는 보호자들의 배려 없음이 참으로 아쉬울 때가 있다.

요양보호사의 현실과 이상적인 요양원

나는 요양원에 근무하는 수많은 요양보호사 중 한 사람일 뿐이다. 나는 단 세 곳의 요양원에서 잠깐, 혹은 길게 일해보았다. 요양보호사의 일과는 대부분 비슷하다. 어떤 관리자 한 분이 이런 말을 한 적이 있다. '요양보호사들이 일하는 것을 보고 있으면 잘 훈련된 조교들이 일사불란하게 움직이는 것 같다.'고.

그 관리자의 말 속에는 가시가 있었다. 요양보호사의 주업무는 따뜻한 감정을 가지고 어르신을 잘 돌보는 것인데, 그런 감정이 결핍되어 있다는 뜻으로 한 말이다. 한편으로는 맞는 말이다. 하지만 빠듯한 하루 일정 속에서 쉴 틈 없이 움직여야 하는 육체노동자인 요양보호사에게 '잘 훈련된 조교' 이상의 것을 바라는 것은 어쩌면 현실과 다소 괴리가 있을 수 있다.

나도 가끔 꿈을 꾼다. 이런 요양원이 있었으면 좋겠다는 꿈.

어르신들이 식사를 한 후에 한 시간씩 햇빛이 잘 드는 창가에 앉아서 밖을 바라볼 수 있는 곳, 걸어다닐 수 있는 어르신들이 실내 텃밭에 채소를 심어놓고 가꾸거나 물을 줄 수 있는 곳, 요양보호사와 어르신들이 한 방에 누워 도란도란 이야기를 나누면서 서로의 늙어감에 대해 교감하는 시간이 존재하는 곳, 일률적인 식사 메뉴가 아니라 의사의 권유와 자신의 식성에 적합한 식사를 제공하는 곳, 널찍한 소파에 비스듬히 누워 요양보호사와 가요무대를 함께 시청할 수 있는 시간이 주어지는 곳, 잠이 오지 않는 밤이면 뜨개질로 소일거리를 삼을 수 있는 곳, 서서히 굳어가는 근육을 매일 풀어줄 수 있는 물리치료시설이 완벽한 곳, 그리고 보호자가 면회 와서 자신의 부모님과 하룻밤을 잘 수 있는 게스트룸이 마련된 그런 요양원.

몇 억의 보증금에 매달 몇 백만 원씩 관리비가 들어가는 고급 실버하우스 이야기가 아니다. 우리도 언젠가는 내가 꿈꾸는 요양원에서 마지막을 존엄하게 맞이해야 하지 않을까?

이별을 준비하는
우리의 자세

좋은 보호자는 어르신들을 돌보는 내 모습을 비춰보게
만드는 좋은 거울이다.

이런 사람 또 없습니다

요양원에서 근무하며 꽤 많은 보호자를 만났다. 그렇더라도 요양보호사와 보호자가 사적으로 길게 이야기를 나누거나, 어르신의 상태에 관해 설명하는 경우는 거의 없다. 다만 요양보호사는 보호자를 어르신에게 친절하게 안내하고, 의자를 내어주고, 요양보호사의 권한으로 들어줄 수 있는 보호자의 요구 사항을 기꺼이 수행하기. 여기까지가 우리의 임무다. 어찌 보면 무척 사무적이고 건조한 관계가 아닐 수 없다.

돌봄은 사람이 사람의 삶을 돕는 일. 따라서 온기어린 마음 없이는 할 수 없는 일이다. 그런 온기는 요양보호사의 기본 조건이라 할 수 있다. 하지만 요양보호사도 역시 사람인지라 이곳에 찾아와 온기를 나누는 보호자에게서 그 온기를 얻는다. 그런 까닭에 자주 와서 친밀감이 쌓인 보호자와는 인사말도 나누고, 가벼운 농담도 주고받으면서 다소 무거울 수 있는 분위기를 밝게 만들기도 한다. 그러나 이보다 더 중요한 것이 있다.

대부분의 보호자는 요양보호사에 대한 선입견을 가지고 있다. 이 일을 하기 전 나도 가지고 있던 편견 말이다.

첫째, 당신들은 내가 제공한 돈으로 나의 부모를 돌보는 사람들일 뿐이다. 이러한 편견에는 요양보호사를 마치 보호자가 직접 고용하여 일을 시키는 피고용인이라는 인식이 깔려 있다.

둘째, 당신들은 어르신들의 똥과 오줌을 치우면서 최저임금 정도를 받는 사람들일 뿐이다. 이러한 편견은 요양보호사의 돌봄이 세칭 3D 업종에 해당하는 질 낮은 노동이며, 최저임금에도 기꺼이 일할 만큼 경제적으로 어려운 이들이 담당하는 노동이라는 인식이 깔려 있다.

셋째, 당신들은 나의 요구에 무조건 응해야 하는 사람들일 뿐이다. 이러한 편견은 어르신 돌봄의 전문성을 인정하지 않고, 고용 유지 여부를 자신들이 좌우할 수 있다는 인식이 깔려 있다.

내가 과외를 하면서 가장 힘들었던 부분도 사실은 앞에 열거한 편견과 무관하지 않다. 당시에 학부모들 역시 나를 '선생님'이라고 불렀지만, 그 바탕엔 분명히 위와 같은 편견이 작용하고 있었다. 학부모는 과외 선생에게 분명히 바라는 목표가 있고, 그 목표가 충족되지 않을 시엔 언제든 전화 한 통으로 나의 밥줄을 끊을 수도 있는 그런 관계 말이다. 자신의 자녀가 얼마나 준비가 안 된 학생인지는 그들이 알 바 아니라는 식이다. 그래서 그 부족한 부분을 채우는 데 얼마나 오랜 시간이 걸리는지에 대해서도, 또한 학생과 선생이 최선의 노력을 다해도 결코 바라는 바를 충족하지 못할 수도 있다는 가능성에 대해서는 조금도 생각하지 않는다. '나는 내 자녀의 성적을 올리려고 돈을 냈으니까, 당신은 일정 기간 안에 이만큼 성적을 올려야만 한다.' 이렇게 생각하는 학부모들은 성적이 오르지 않으면 모든 책임을 내게 돌렸다.

옷 수선을 하는 지인이 있는데 그이는 늘 나를 부러워했다. 내가 머릿속에 든 지식으로 아주 쉽게 돈을 번다고 생각했던 모양이다. 하루는 그이의 가게에 잠깐 들렀는데 마침 학부모의 전화가 왔다. 학부모와의 통화는 한 시간가량 이어졌다. 결론은 '왜 돈을 주고 과외를 시켰는데 성적이 이 모양이냐, 우리 아이가 바보냐?'라는 불만이었다. 나는 변명 아닌 변명을 길게 늘어놓았다. 그렇게 쉽게 잘릴 줄 알았더라면 마음에 담았던 말을 속 시원히 다 했을 텐데, 일말의 미련을 갖고 나는 매달렸던 것이다. 앞으로는 더 노력해서 최선을 다하겠노라고. 내 통화 내용을 옆에서 듣고 있던 그이는 내게 조용히 말했다.

"나는 과외하며 돈 버는 당신이 참으로 부러웠는데, 지금 보니 하나도 안 부럽네."

한번은 한 어르신의 팔에 조그만 상처가 생겼다. 80세가 넘은 어르신들의 피부는 각질층이 두꺼워져서 수분 공급이 원활치 않다. 그래서 표피가 쉬 건조해진다. 피부의 수분 공급이 저하되면 손상된 피부의 치유와 복원을 관장하는 성분이 감소한다. 따라서 피부의 자연적 회복력이 저하된다. 그 어르신은 본인이 자주 긁기도 했지만, 피부 곳곳에 붉은 반점들이 많이 있었고, 무엇보다 어르신이 차고 있는 게르마늄 팔찌가 어르신의 팔목보다 훨씬 커서 빙빙 돌아가며 상처를 냈을 수도 있다. 하지만 보호자는 이 모든 가능성을 배제한 채 어르신에 대한 요양보호사의 관리 소홀로 몰아갔다. 결국 요양보호사가 어르신 돌봄을 할 때는 모든 장신구를 빼라는 지침이 내려졌다. 그렇다고 이런 보호자만 있는 것은 아니다. 정말 가슴이 따스한 보호자를 현장에서 종종 만난다.

우리 요양원에는 양손 가득 자신의 어머니가 좋아하시는 음식을 들고 찾아오는 아들이 있다. 대체로 아들들은 애정 표현을 잘 하지 않고, 부모에게 살갑게 굴지 않는데 이분은 달랐다. 이

분은 늘 '자신이 필요해서 어머니를 요양원에 모셨고, 자기 어머니를 보살피는 요양보호사는 고마운 사람들'이라는 전제를 가슴 밑바닥에 깔고 있었다.

면회를 오면 요양보호사들을 비롯한 요양원의 모든 직원들에게 항상 먼저 웃는 얼굴로 반갑게 인사를 건넨다. 그런 다음 어머니의 자리로 가서 먼저 어머니의 얼굴을 양손으로 감싸고 대면한다. 그리고 우리에게 이것저것을 달라고 한다. 예를 들면 과도와 접시와 포크 등. 가져온 과일을 잘게 썰어 옆에 계신 어르신들에게 먼저 나누어 드린다. 그 뒤에 자신의 어머니가 음식을 맛있게 드시는 모습을 물끄러미 바라본다. 간식을 다 드시면 어머니의 손톱과 발톱을 살핀다. 손발톱이 조금만 길어도 정성스럽게 깎아드린다. 그런 다음 침대에 걸터앉아서 엄마의 귀지를 파드린다. 자신이 어려서 받았던 그대로.

이런 대우를 받는 어르신의 태도는 늘 당당하다. 언제나 그래왔던 것처럼. 그 보호자는 우리에게 예의를 갖추어 말을 하고, 우리를 존중해준다. "선생님들 수고하시는데, 이거 별거 아니지만 나누어서 드세요." 항상 요양보호사의 간식도 챙겨온다. 아, 제발 이 대목에서 오해가 없기를!

한번은 보호자가 저녁 시간에 면회를 왔다. 옛말 틀린 거 하나도 없다더니, 오는 말이 고우면 가는 말도 곱다. 우리도 이 보호자가 면회를 오면 반갑고 기분이 좋다. 농담도 주고받는다. 선한 웃음이 눈가에 번진다.

"선생님, 저녁에 오게 됐네요. 죄송해요. 저녁 식사 전이시지요? 제가 피자 한 판 시켜드릴 테니 저녁 드시지 마세요."

아니라고, 그러시면 아니 된다고 아무리 말려도 결국 피자는 야간 근무자 네 명에게로 오고야 만다.

어르신은 냉장고에 쟁여놓은 자신의 간식거리가 떨어질 때쯤이면 아들에게 전화를 건다.

"먹을 게 통 없네. 밥맛도 없고."

아들이 뭐 잡숫고 싶으냐고 묻는 것 같다.

"글씨, 뭐 암 거나 사와 봐."

자식에게 이렇듯 당당하게 요구하는 어르신들이 많지는 않다. 무엇보다 어머니의 당당함이 당연함으로 받아들여지는 관계가 참으로 아름다워 보인다. 사실 어르신이 자식들을 많이 가르치고, 재산을 많이 물려준 것도 아닌데, 요즘 세상의 관점으로 보면 부당거래 같기도 하다.

이 보호자는 애써 친절을 포장하지 않는다. 마음에서 우러나는 대로 행동한다. 그 진심이 온전히 우리에게 전달된다. 함께 계신 어르신들에게 간식을 나누어 드릴 때 보이는 태도 역시 공손함과 배려가 고스란히 묻어 있다.

돌봄이 아니라 인생을 배우는 중입니다

한번은 요양원으로 전화가 왔다. 전화기가 꺼진 듯한데 어머니의 목소리를 듣고 싶다며 충전을 부탁했다. 어르신은 치매가 있지만, 자식들은 알아보신다. 물론 전화도 하실 수 있다. 전화기를 충전하자 전화벨이 울렸다. 전화기 너머로 아들이 어머니를 나무라는 소리가 들린다. 어르신은 노여워하지 않는다. "아, 전번에는 거실에 있어서 못 받았구먼. 이거 전기 나간 거 몰랐당께."

그게 전부다. 아들은 어머니의 목소리를 듣고 안심을 하고, 어머니는 아들의 목소리를 듣고 편안한 자세로 팔베개를 한 후 잠을 청한다. 만족과 행복이 뒤섞인 표정으로 오후의 햇살을 받으며 곤히 잠이 든다.

좋은 보호자가 되는 거, 그건 과외나 강연으로 배울 수 없다. 그건 배우는 게 아니라 자연스레 익히는 것이다. 좋은 보호자 이전에 좋은 어르신이 있어야 가능한 일이다. 대부분은 아들보다 딸이 부모에게 더 살갑고 잔정이 많다고 한다. 하지만 꼭 그런 것만은 아닌 것 같다.

한 아들은 보편적 상식을 뛰어넘는다. 코로나 19가 오기 전에 그는 매일 면회를 왔다. 낮 11시 30분 조금 지나면 어김없이 어머니를 만나러 온다. 시간이 자유로운 것으로 보아 사업을 하는 듯하다. 우리에게 늘 깍듯이 인사를 하고 들어온다. 그리고 어머니의 침대를 올려 드린다. 점심 수발을 하러 온 것이다. 물론 옆의 어르신들 침대도 올려 드리고, 앞치마도 해드린다. 그런 다음 어머니가 식사하시는 모습을 조용히 지켜본다. 식사 후 양치질을 하도록 돕고, 식판을 내오고, 침대를 적당히 내리고, 어머니 침대 옆의 상두대에 넣어둔 물건들을 찬찬히 살피고 모자란 것이 있으면 채워 넣는다.

어머니에게 순면 티셔츠를 입히는 아들의 모습은 참으로 낯설지만 신선하고 아름답다. 아들은 치매 걸린 어머니를 존중한다. 가을이면 길가에 핀 코스모스를 꺾어와서 옆의 어르신들 식탁에 한 송이씩 올려 드리고, 자신의 어머니에게는 향내를 맡게 한다. "엄마, 가을이에요."

어머니는 꽃향기에 대한 답 대신 엉뚱한 소리를 한다. 하지만 아들은 그런 어머니를 애정어린 눈빛으로 바라본다. 훌륭한 보호자는 어르신들을 돌보는 내 모습을 비춰보게 만드는 좋은 거울이다.

아무리 생각해도

처음 우리를 대하는 그 보호자의 태도는 사뭇 거만했다. 면회를 자주 오지도 않으면서, 이따금씩 올 때마다 생뚱맞은 트집을 잡곤 했다. '엄마 얼굴이 상했다, 밥은 잘 드시냐? 왜 이리 몸이 말라가느냐? ….' 이에 '어르신은 밤에 잠을 잘 주무시지 않고 밤새 혀 차는 소리를 하신다'고 알려 드렸더니, 돌아온 딸의 대답이 더 생뚱맞았다.

"우리 엄마가 생각이 많으셔서 그래요."

중증 치매인 엄마가 생각이 많아서 밤새 혀 차는 소리를 한다? 어쨌거나 보호자는 자신의 어머니를 소중히 여기는 듯했지만, 손을 잡는다든가 얼굴을 쓰다듬는다든가 하는 스킨십은 전혀 없었다. 다만 비싸 보이는 음식들을 해와서 어머니에게 먹여 드렸다. 한번은 식탁에 죽과 요구르트와 과일을 차려놓았는데, 어르신이 잘 드시다가 식탁을 손으로 치는 바람에 식탁이 젖혀지면서 음식들이 이불 위로 쏟아졌다. 보호자는 호출벨을 눌러서 요양보호사를 불렀다.

"이것 좀 치워주세요. 그리고 따끈한 물수건 두 개만 준비해서 가져오세요."

나는 음식물을 치우고 새 이불로 바꾸어 드리고 나서 물수건 두 개를 가져다 드렸다. 솔직히 쏟아진 음식물을 치우는 것까지는 우리의 몫이지만, 오랜만에 면회 와서 자신의 어머니를 닦아드리는 일만큼은 보호자가 할 줄 알았다. 물수건 두 개를 준비해서 가져오라는 말이 그런 뜻이겠거니 생각했다.

"엄마 얼굴하고 손 좀 깨끗이 닦아주셔야겠어요."

그녀는 같은 방에 계신 다른 어르신 세 분에게는 눈길 한 번 주지 않았다. 그럴 수도 있다. 자신의 어머니 외엔 관심이 가지 않을 수도 있다. 하지만 맛난 음식을 떠서 자신의 어머니 입에 넣어 드릴 때마다 바로 옆에 계신 어르신이 말똥말똥한 눈으로 쳐다보는데 그걸 외면하면서까지 오로지 자신의 어머니에게로만 향하는 그 태도. 그건 보통 사람이라면 쉽게 할 수 없는 행동이다. 밤새 이어지는 혀 차는 소리 때문에 다른 세 분의 어르신이 잠을 설쳤을 거라고는 상상도 하지 않았을 테다. 만약 그런

돌봄이 아니라 인생을 배우는 중입니다

상상 비슷한 거라도 했다면 좀 달랐을까?

보호자는 밤 8시 넘어서 면회를 오기도 했는데, 밤 8시엔 요양보호사들이 매우 바쁘게 움직일 시간이다. 어르신들 간식을 나누어 드려야 하고, 취침 약도 드려야 한다. 그런 시간에 면회 와서도 조금도 미안한 기색이 없다. 아니 미안할 이유가 없다고 생각한다. 그리고 이것저것 가져오라고 호출벨을 누른다. 싫은 내색을 하지 않으려 짐짓 입가에 웃음을 짓고, 상냥한 목소리를 지어 '네, 네' 한다. 한 시간쯤 머물다 돌아갈 때 이런 말로 염장을 마저 지르고 간다.

"내일 아침에 엄마 드실 주스 하나 넣어두었으니, 내일 꼭 드리세요!"

딱 한 병의 주스를 놓고 갈 수도 있다. 그런데 우리 요양보호사들은 다 안다, 그 의미가 무엇인지를. 특별히 말하지 않더라도. 여러 병의 음료수를 놓고 갈 경우, 혹시라도 요양보호사가 먹을지도 모르니까. 보호자의 의도를 우리가 오해하고 있는지도 모른다. 하지만 우리를 대하는 보호자의 태도 속에 담겨 있는 교만과 군림의 감정은 모두에게 고스란히 전해진다.

코로나 19로 면회가 제한되고, 수개월 지속되는 동안 그 보호자는 면회를 단 한 번도 오지 않았다. 정확히 말하면 어머니에게 가져오던 영양식과 과일 그리고 음료 등을 요양원 문 밖에 두고 가는 일조차 하지 않았다. 대부분의 보호자들이 유리문을 사이에 두고 마스크를 쓴 채 서로의 안부를 확인하고 간식을 놓고 가는 경우가 많은데, 유독 그 보호자는 단 한 번도 오지 않았던 것이다. 그동안 어머니를 향해 보였던 근심 걱정과 건강에 대한 염려를 바이러스 때문에 잊은 건 아닌지 모르겠다.

보호자를 다시 본 건 어르신의 건강이 악화되어 가족들이 면회를 오지 않으면 안 되었을 때였다. 어르신은 식사를 거의 하지 못하셨다. 어르신의 상황이 어떻게 될지 몰라서 요양원 측에서는 가족들에게 연락을 취했고, 가족들이 어머니를 보러왔다. 어르신은 기력을 조금 회복하여 다시 식사를 정상적으로 하게 되었는데, 대개는 이럴 때(언제 돌아가실지 알 수 없는 상황) 보호자는 간식을 만들어서 틈틈이 드시게 해달라고 전해준다. 그런데 전혀 그러지 않았다. 코로나 19 전에 보였던 그 정성이 면회가 제한된 상황이 되었다고 해서 변해야 하는 이유는 뭘까? 아무리 생각해도 이해가 가지 않는다.

어르신의 건강이 다시 악화된 것은 그로부터 한 달 뒤였다. 의식은 거의 없었고, 산소호흡기에 의지해 연명하고 있었다. 새벽 6시 조금 넘어서부터 가족들이 모이기 시작했다. 의식이 희

돌봄이 아니라 인생을 배우는 중입니다

미해져가는 상황에서 딸은 어르신에게 애타게 말했다.

"엄마, 사랑해."

어르신이 위독해지면 병원으로 모시는 경우도 있지만, 요양원에서 생을 마감할 수 있도록 보호자가 요청하면 우리는 그대로 따른다. 하지만 일곱 시간이 넘는 동안 보호자들이 분주하게 왕래하고, 여기저기 전화하면서 친척들을 불러모으는 동안 요양원의 업무는 지장을 받을 수밖에 없다. 요양보호사들은 긴장 속에서 일을 했고, 오후 1시 반이 지날 즈음 어르신은 운명하셨다.

보호자 모두를 내보내고 우리들은 마무리를 시작했다. 어르신의 옷을 벗기고, 대변을 치우고, 몸을 닦고, 새 옷으로 갈아입혔다. 그리고 구조대가 와서 어르신의 시신을 옮길 때 도와 드리는 일까지 마쳤다.

그런데 이 보호자들은 그 모든 과정을 지켜보았음에도 요양원 문을 나설 때까지 우리에게 단 한 순간도 눈길 한번 주지 않았다. 물론 경황이 없어서였겠지. 어머니가 돌아가신 마당에 마음의 여유가 있겠는가. 우리는 당연히 해야 할 일을 했을 뿐인데…, 더군다나 공짜로 한 일도 아닌데…. 그렇게 생각을 하려고 해도 역시 이해가 되지 않는다. 요양보호사들이 바라는 건 결국 진심이 담긴 눈인사 혹은 따뜻한 말 한마디이다. 끝까지 정성을 다해 어머니의 저승길을 배웅하는 요양보호사들에게 따뜻한 눈길과 말 한마디조차 인색해야 할까. 그들의 모습을 보면서 참으로 마음이 씁쓸했다.

물론 우리들의 마지막 돌봄도 급여에 상응하는 노동이긴 하다. 하지만 사람이 사람을 돌보는 일의 특수성을 고려한다면, 고된 노고를 위로해주는, 인간이 인간에게 베풀 수 있는 예의 같은 것, 그런 것 한 번쯤 나누어 주지 않는 야박한 태도가 참으로 아쉽다. 따뜻한 눈인사와 말 한마디가 우리에게 얼마나 큰 힘이 되는지 보호자들은 왜 모르는가.

수술을 끝내고 나오는 의사들에게 직각으로 허리를 꺾어 절을 하는 보호자들은 상당히 많다. 따지고 보면 의사들 역시 직업적 임무를 다했을 뿐이다. 그런데 왜 사람들은 죽은 사람을 살린 기적이 일어난 것처럼 굽신거릴까? 그건 아마도 의사들이 가지는 사회적 지위와 무관하지 않을 것이다.

우리 요양보호사들이 가지는 사회적 지위를 낮추어 보고, 우리의 돌봄 서비스를 당연시하는 보호자, 참으로 진상이다. 사람 사는 세상, 차 떼고 포 떼듯 그 알량한 계급장 떼고 보면 사실 별거 아닌데, 왜 우린 사회적 약자에게 군림하는 강한 자가 되는가? 아니 강한 자처럼 행동하는가?

앞서도 보았듯이 진심을 다한다면 치매 어르신과도 소통이 가능하다. 치매 어르신에게도 호감을 보이면 호감으로 답하신다. 사람과 사람 사이에 오가는 강물 같은 흐름 속에 '배려' 하나 실어 보내는 일이 뭐 그리 어려운가.

초기 치매에 대처하는
우리의 자세

경증 치매인 경우 집에서 부모님을 돌보게 되기 십상이다. 물론 주간보호센터에 다니거나 재가(방문)요양서비스를 몇 시간 받는 경우라도 그 외의 시간은 보호자가 부모님과 함께 보내야 한다. 스물네 시간 치매 걸린 부모님과 함께 보내는 것은 서로에게 힘든 일이다.

치매는 완치가 되는 질환이 아니다. 경증 치매에서 중증 치매로 가게 되고, 결국 합병증으로 죽음에 이르는 질병이다. 그 과정을 지켜보고 견디는 일이 생각보다 어렵다. 앞에서 언급했듯이 치매의 종류도 상당히 많다. 따라서 자신의 부모님이 어떤 치매에 해당하는지 알고, 그에 맞는 대처를 하는 것이 좋다. 예를 들면 혈관성치매의 경우 대체로 편 마비가 오고, 언어나 인지 장

돌봄이 아니라 인생을 배우는 중입니다

애가 동반된다는 등의 정보를 알고 있으면 부모님의 변화를 관찰하면서 그에 따른 상황에 대처할 수 있다.

어떤 종류든 치매에 걸리면 반드시 언어와 행동에 이상 증세가 나타난다. 이때 평소와 다른 부모님을 나의 기준으로 보지 말고, 부모님의 관점에서 보도록 노력해야 한다. 일테면 긴 시간 텔레비전을 시청하는 것보다는 바둑알을 섞어놓고, 흰 돌과 검은 돌을 구분하는 놀이를 함께해보면 좋다. 손끝을 자주 움직이며 돌을 구분하는 과정에서 두뇌를 좀 더 활용하기 때문이다. 부모님이 평소에 하시던 습관을 그대로 하게 두되, 위험한 행동으로 이어지지 않도록 세밀하게 관찰하는 것도 좋다. 물론 주간보호센터에서 하는 프로그램이 있다면 집에 와서까지 억지로 손끝을 움직이는 놀이를 이어서 하지 않아도 된다.

나의 엄마는 주간보호센터에서 프로그램 시간에 만든 물건들을 집으로 가져오셨다. 도화지에 색종이를 오려 붙이거나 컬러점토로 이것저것 만든 것들을. 나는 엄마에게 여쭤보았다.

"오늘은 이거 만들었어?"

"응. 시시하고 재미없어."

당시 엄마는 경증 치매였다. 따라서 주간보호센터에서 하는 프로그램이 유치원 수준보다 낮다는 것을 조금은 알고 있었다. 그래서 늘 그러셨다. 가기 싫다고. 그래도 보내야 한다. 가서 어울리면서 노래하고 춤추는 유치한 놀이라도 해야 한다. 나도 엄마를 닮아서 사회성이 부족하다. 엄마는 본성대로 살았지만, 나는 노력한다. 사람들과 어울려서 살아야 한다는 것을 알기 때문에 만나고 싶지 않아도 사람들과 종종 웃으면서 밥을 먹고 차를 마시고 시시한 이야기라도 나눈다. 그게 인생이다. 치매에 걸린 어르신의 대부분은 강박 증세가 있다. 고집이 세고 아집도 강하다. 그런 것들을 버릴 수는 없지만 어울리면서 완화시킬 수는 있을지도 모른다.

내가 누군인지 부모님이 알고 계시다면(보통 경증 치매의 경우 알고 있지만) 굳이 내가 당신의 자식임을 계속 확인할 필요는 없다. 내 경우 엄마가 아파트 미화원 아주머니를 몰라보는 것에 충격을 받은 적이 있다. 미화원 아주머니와 엄마는 자주 대화를 하면서 친하게 지내왔다. 그러던 어느 날 갑자기 미화원 아주머니를 몰라보는 일, 그것이 바로 치매이다. 나의 존재도 어쩌면 미화원 아주머니의 경우처럼 엄마에게 잊힐 수 있다는 사실을 미리 알고 있어야 한다.

치매 환자의 경우 '배회'라는 것을 하게 된다. 말 그대로 '목적 없이 그냥 발 닿는 대로 걷는 것'이다. 그러다가 버스에 타기도 하고, 택시에 타기도 한다. 그래서 부모님과 산책하는 동안 잠시도 부모님의 손을 놓아서는 안 된다. 영화나 드라마에도 잠깐 손을 놓는 사이에 바람처럼 사라진 치매 환자를 찾아 헤매는 장면이 종종 나온다. 나도 그와 비슷한 경험을 한 적이 있다. 아주 잠깐 엄마의 손을 놓고 놀이터 쪽을 멍하니 바라보던 그 짧은 순간, 엄마는 내 시야에서 사라졌다. 나는 놀란 가슴에 휘청거리는 다리를 추스르며 여기저기 엄마를 찾아다녔다. 마침 지나가던 아주머니가 엄마를 알아보고 우리집 쪽으로 엄마를 모셔다 주었다. 주의가 필요한 일이다. 이러한 상황에 대비하기 위해 보호자의 연락처가 새겨진 팔찌나 목걸이를 착용하게 하기도 한다.

부모님이 평소에 좋아하던 일이 있으면, 그 일을 계속 하도록 권한다. 노래 듣기를 좋아하셨다면 좋아하는 가수의 노래를 틀어주는 것이 좋고, 뜨개질을 좋아했다면 실을 사다가 코바늘이든 대바늘이든 실에 꿰어 굼뜬 손놀림이라도 하게 해드린다. 등산을 좋아하셨다면 산길보다는 평지를 함께 걸으면서 간판을 소리내어 읽게 하거나 숫자 세기 등을 하는 것도 좋다. 평소 요리하길 즐기셨다면 칼을 사용하지 않고 다듬을 수 있는 채소, 일테면 콩나물이나 시금치 등을 다듬게 한다. 빨래를 함께 개는 것도 권장할 만하다. 빨래를 개서 색깔별로 구분하거나 같은 종류의 빨래끼리 모으기 등을 하는 것도 좋다. 그림책이나 동화책을 읽게 하거나 혹시 한글을 잊어버리셨다면 그림만이라도 보게 하자. 도화지에 그림을 그리고 글씨를 써보는 일도 권장해볼 만하다.

집에서 하루 종일 치매 걸린 부모님과 무엇인가를 해야 하는 일이 버거울 수도 있다. 하지만 그 시간이 길지 않다는 것, 부모님과 함께했던 시간들이 후회로 남지 않도록 하는 일. 그것만 생각하자. 그러면 하루가 그리 길게 느껴지지 않을지도 모른다.

식사를 스스로 하지 못하는 경우 가족과 다 함께 식탁에 모여서 식사를 하되, 한 수저라도 혼자서 드실 수 있도록 돕는 것이 좋다. 음식을 흘리거나 국을 쏟아도 절대 놀라거나 나무라지 말자. 그 행동이 잘못되었음을 부모님에게 주지시킬 필요는 없다. 반찬도 골고루 드시게 하고, 물을 자주 마시게 해서 수분이 부족하지 않게 해드리는 것도 중요하다.

처음에는 엄마만 먼저 따로 식사를 드시게 한 후 나는 가족들과 함께 밥을 먹었다. 엄마는 식탁에 모여 있는 우리에게 소리를 지르셨다.

"아이고 배야. 아이고 배 아파."

처음엔 당황해서 엄마에게 달려갔다. 정말로 배가 아프신 줄 알았다. 하지만 엄마가 요구했던 것은 '어울림'이었다. 그래서 관심을 끌기 위해 배가 아프다고 하셨던 것이다. 그 이후 나는 엄마와 한 식탁에서 함께 식사를 했다. 엄마의 배는 더 이상 아프지 않았다.

돌봄이 아니라 인생을 배우는 중입니다

보호자들이 가장 당황하게 되는 경우는 바로 대소변 문제다. 늙으면 요실금과 변실금이 생기는 게 자연스럽다. 특히 치매 환자의 경우, 대소변을 가리는 경우에도 화장실에 바로 갈 수 없는 경우에는 팬티에 대소변을 묻히거나 길거리에서 누는 일이 생긴다. 그렇기 때문에 외출시에는 항상 여분의 기저귀나 화장지를 준비하는 것이 좋다.

치매에 걸리면 같은 장소에 수십 번을 가도 치매 환자에게는 늘 새로운 장소로 비치는 경우가 있다. 나의 엄마는 철원에서 군 복무를 하고 있는 외손자의 면회를 갈 때마다 같은 말을 반복하셨다.

"애를 이런 첩첩산중에 갖다놓다니."

엄마에게는 매번 새로운 장소에 외손자가 있었던 것이다. '첩첩산중' 말이다. 나는 되묻곤 했다.

"엄마, 여기 처음 와보는 곳이야?"

"그럼 내가 언제 여기 왔어? 왜 애를 이런 첩첩산중에 놓고 왔어."

외손자의 면회를 열 번쯤 갔지만, 엄마에게는 끝내 '첩첩산중'이 새로운 장소였다. 그걸 인정하는 것, 슬프지만 인정해주는 것, 그것이 보호자의 역할이다.

"그렇구나. 여기는 엄마가 처음 와보는 곳이지?"

치매 환자의 경우 밤에 깨는 경우가 종종 있다. 잠에서 깨면 때와 장소를 구분하는 능력이 떨어져서 문을 열고 밖으로 나가는 경우도 있다. 그럴 때를 대비해서 문을 한 번에 열지 못하도록 잠금장치를 추가해서 달면 문을 열고 나가서 길을 잃고 헤매는 경우를 방지할 수 있다. 나 역시 엄마의 새벽 외출 이후 삼중 구조로 문을 잠가서 엄마가 못 나가시게 해놓았다. 어느 날 낮에 엄마는 삼중 구조의 잠금장치를 가리키며 나에게 비아냥거리셨다.

"너 나를 못 나가게 하려고 잠가놨지? 이런다고 내가 못 나갈 줄 알아?"

엄마는 노여움이 가득 찬 눈빛으로 나를 쏘아보셨다. 물론 엄마는 세 개의 잠금장치를 열 수 없다는 것을 알면서도 속으로는 참으로 불안해하셨다.

요즘에는 방문 목욕을 신청하면 욕조와 세면도구를 갖춘 이동목욕차량으로 두 명 이상의 요양보호사가 와서 어르신의 전신을 씻겨 드린다. 이때 낯선 사람에게 자신의 벗은 모습을 보여주기 싫어서 거부하는 어르신들도 있다. 이럴 경우 보호자가 함께 목욕을 도와주면 덜 불편해할 수 있다.

무엇보다 집에서 치매 부모님을 돌볼 때 간과하기 쉬운 부분이 바로 '대화의 가능성'이다. 치매에 걸리면 일상적인 대화가 불가능하다고 판단하여 대화하는 것을 회피하게 된다. 대화는 양방향성이 맞다. 하지만 서로 동문서답을 하더라도 그것 역시 대화에 속한다. 서서히 머릿속에서 잊혀가는 사물의 이름들을 자주 물어주는 것, 부모님의 장기 기억을 계속 환기시켜주는 것, 그래서 뇌와 혀와 입술과 목구멍의 연결이 막히는 일을 더디게 해주는 것.

"엄마 고향이 어디라고?"

"황해도 연백군 호남면 호서리."

맞는지 모르겠지만, 아무튼 엄마의 장기 기억 안에 있던 주소이다.

"엄마가 사는 주소 말해봐."

엄마는 눈을 흘기며 우리집 주소를 얘기하신다. 나는 다시 묻는다.

"엄마 내 생일이 언제야?"

엄마는 화를 내시고야 만다.

"내가 어린애야? 내가 네 생일을 왜 몰라."

지치지 말고 묻고 대답하라.

"엄마, 정말 중요한 건데 내 전화번호가 뭐지?"

나를 잊었어도 괜찮아요

요양원에 면회 온 가족들이 가장 먼저 하는 말은 바로 어르신에게 자신의 존재를 알리는 일이다.

"여보, 나 왔어."

"아빠, 나 누구야? 나 첫째 딸이야."

"엄마, 나야. 엄마 아들."

대부분 대화의 시작은 이렇다. 하지만 이게 대화의 끝일 때도 많다. 그들은 확인을 받으려고 물은 것이 아니다. 내가 당신에게 어떤 존재인지를 알리면서 시작하지만, 그 다음 화제로 이어가려는 시도가 아니다. 보호자가 "어머니, 저 왔어요."라고 말해도 어르신은 그가 당신의 며느리인지 아닌지 전혀 모르시는 경우가 많다. 다행히 아직 보호자의 존재를 잊지 않았다면 그 다음은

돌봄이 아니라 인생을 배우는 중입니다

쉽다.

하지만 만약 보호자가 누구인지 전혀 모른다고 해서 그것이 무슨 문제겠는가? 내가 치매 걸린 엄마에게 가장 놀랐던 부분은 그 누구보다 나를 기억했다는 점이다. 대신 평소 엄마가 그렇게 금이야 옥이야 키웠던 외손자의 존재는 까맣게 잊어버리셨다. 평소 통명스럽게 대들던 나만 기억속에 오롯했던 것이다. 나는 엄마가 당연히 외손자의 존재를 잊었을 리가 없다는 착각으로 외손자의 사진들을 코팅하여 요양원 벽에 붙였다. 하지만 엄마는 그 사진들을 손톱으로 긁어서 흠집을 냈고, 기어이 벽에서 떼어버렸다.

아파트로 옮기기 전에 우리는 단독주택에 살았다. 늦게 귀가하는 나를 위해 엄마는 집 앞에 다른 차가 주차하지 못하도록 지키고 서 계셨다. 엄마는 매일 내게 전화해서 물었다.

"언제 와? 11시? 왜 이렇게 늦어."

나의 귀가 시간은 과외 시간표에 따라 매일 달랐기 때문에 엄마의 질문은 몇 년 동안 같았다. 그런 엄마가 요양원에 들렀다 돌아가려는 나를 보고 물으셨다.

"언제 와? 몇 시에 와?"

나는 숨이 멎는 것 같았다. 엄마가 나를 잊지 않아서 좋은 게 아니라 하고 많은 엄마의 장기 기억 중에서 딸의 존재를 끄집어

낸 것이 바로 딸의 불안한 귀가 시간이었다니…. 왜 하필 기다림
이란 말인가. 엄마의 기억은 딸의 늦은 귀가를 걱정하고 주차 공
간을 빼앗기지 않기 위해 안간힘을 쓰며 기다렸던 시간에 머물
러 있었다.

내 경험상 요양원에서 자식이나 배우자를 잊지 않는 것은 어
쩌면 잔인한 일일 수도 있다. 면회를 갔는데 부모님이 나를 못
알아본다고 실망할 필요는 없다. 부모님의 까칠해진 손을 잡아
드리고, 수척해진 얼굴을 두 손으로 감싸 안고, 등을 토닥여 드
리면서 내가 가진 마음속 깊은 사랑을 촉감으로 전할 수 있다면
그만이다.

요양원의 음식이 영양사의 지시에 따라 영양분이 골고루 섞
인 식사라고는 해도 개개인에게 맞춘 식사는 아니다. 부모님이
요양원에 계시다면 한 달에 한 번씩이라도 평소에 즐겨 드시던
음식이나 간식거리를 사다 드리는 것이 좋다. 일부 요양원에서
는 음식물 반입을 금지하는 곳도 있지만, 연하곤란(삼킴 장애)이
없다면 가능할 수도 있다. 물론 요양원 관계자와 먼저 상의하는
것이 좋다.

요양원에 계신 부모님에게 가끔은 링거를 맞게 해드리는 것
도 기력 보충에 좋다. 건강한 우리도 가끔은 기력이 떨어졌다는

생각이 들 때 영양제 링거를 맞아본 경험을 떠올려보면 말이다. 서서히 쇠락해가는 부모님에게 조금이라도 도움이 될 수 있다고 생각한다면 의사와 상의하여 시도해보면 좋겠다.

노화는 피부를 약하게 만든다. 더욱이 아주 건조하고 거칠게 변화시킨다. 요양원에 계신 부모님에게 보습 크림을 사다 드리는 것도 좋다. 요양원에서는 목욕 후에 바디로션과 오일을 섞어서 발라 드리고, 아침 돌봄 시간에 담당 요양보호사가 자기 방의 어르신들에게 또다시 바디로션을 발라 드린다. 그렇지만 자신의 부모님이 젊었을 때부터 건성 피부나 아토피 피부였다면 보습력이 강한 크림을 사다가 발라 드리는 것도 도움이 된다. 특히 찬바람이 불기 시작하는 겨울에는 더욱 필요하다.

나도 엄마에게 해드렸던 일인데, 면역력이 떨어지는 노년의 어르신들에게는 면으로 된 속옷을 입혀 드리자. 면은 흡습성이 뛰어나 쾌적하고, 보온에도 효과가 있다. 나는 엄마를 매일 잠깐이라도 보러갔기 때문에 엄마 몸의 변화를 금방 알 수 있었다. 엄마는 젊어서 피부가 좋았고 건성 피부도 아니었는데, 어느 날 전신에 좁쌀 같은 붉은 반점이 돋았다. 대학병원에 입원해서 치료를 받고 나았지만, 발진의 원인은 정확히 알 수가 없었다. 나는 요양원에 재입소한 엄마에게 순면으로 된 속옷을 입혀 드렸다. 그후 돌아가실 때까지 엄마의 피부에 다시 발진이 돋는 일은 생기지 않았다. 물론 전적으로 순면의 효과라고 말하긴 어렵지만, 아기만큼이나 연약한 어르신의 피부에 도움이 되었을 것이다.

요양원에 계신 어르신들은 대부분 여러 가지 약을 복용하고 계신다. 여기에 또 다른 병이 생길 경우 약이 추가된다. 몸 상태에 따라 식사량은 줄기도 하지만 어르신들 대다수가 기저질환이 있어서 복용하는 약이 줄어드는 경우는 드물다. 따라서 영양 섭취는 매우 중요하다. 요양원에서도 이런 부분에 신경을 쓰고 있지만 개인차까지 고려하긴 힘들다. 자신의 부모님이 요양원이나 요양병원에 계신다면, 그리고 여유가 있다면 영양 불균형을 조금이라도 완화할 수 있는 방법을 모색했으면 좋겠다. 구체적인 방법은 역시 담당의와 상의하여 결정하는 것이 제일 좋다.

가장 중요한 것은 요양원에 계신 부모님이 자식을 잊었다고 해서 자신의 부모님이 아닌 것은 아니라는 사실이다. 이 책의 가장 중요한 핵심은 바로 '치매라는 병에 걸렸다고 해도 유정순(나의 엄마 이름)의 몸은 유정순의 몸 그대로라는 것'이다. 이 문장의 이면을 이해한다면 치매 걸린 부모님에 대한 태도, 관점, 돌봄에 대한 모든 것이 해결될 것이라고 본다.

처음엔 황망하고, 그 다음은 절망스럽고, 또 그 다음은 막막한 병. 사람들은 말한다. 치매에 걸리는 것보다는 차라리 암에 걸리는 게 낫다고. 이 말은 곧 치매를 온전히 혼자서, 혹은 한 집안의 식솔들이 감당했을 때의 이야기이다. '치매국가책임제'라는 제도만 온전히 믿고 의지하라는 말도 아니다. 이 제도 역시 이제 겨우 십이 년의 짧은 역사를 가지고 있을뿐더러 사회복지제도로서 완벽히 정착된 것도 아니다. 여전히 많은 문제점을 안고 있고 개선해야 할 부분도 상당히 많다. 다만, 이제 요양보호사로서 삼 년의 이력을 가진 내가 본 치매 어르신의 인생은, 분당 서현역 AK플라자 명품관 앞 의자에 앉아 있던 기품 있어 보이는 몇몇의 노인들의 그것과 다르지 않다는 것이다. 그게 정답이다.

사랑은 아픔을 동반한다

엄마가 돌아가시고 난 후 더 이상 성당에 나가지 않았다. 꼬박 십 년을 성심껏 다녔던 그곳을! 엄마가 치매에 걸려 삼 년을 앓다가 돌아가신 게 분명 '하늘에 계신 우리 아버지'의 잘못은 아니다. 하지만 내 믿음은 조물주의 원대한 계획과 뜻을 헤아리기에는 너무나 미약했다. 내가 바란 것은 단 하나였다. '마음의 평화.' 내가 좋아했던 찬송 가사 중에 "평화를 주소서, 평화를"이란 구절이 있다. 난 성당에 가서 오로지 마음의 평화에 대해서만 생각했다. 천주교 신자로서 내가 바란 게 '기복'의 범주에 속할 수도 있다. 하지만 '단지 파도 치고, 풍랑에 헤매는 내 마음의 평화'를 바란 게 전부인데, 그게 되지 않았다. 그래서 나는 생각했다. 내 마음은 내가 알아서 챙겨야지 누구에게 내 마음의 이 요란한 변화를 진정시켜 달라 청원할 수 있는가?

서론이 길어진 이유는 그만큼 부모님의 치매 발병과 그 과정을 겪는 보호자의 역할이 어렵고 힘들다는 점을 강조하고 싶어서이다. 집에서 모실 때도 힘들지만, 더 이상 집에서 감당하기 어려워져 부모님을 요양원에 보내는 결정을 하고, 막상 부모님을 낯선 요양원에 맡기고 나오는 그 일이, 어떤 단어나 문장으로도 표현이 불가능한 감정의 연속이라는 것! 그래서 마음에 금이가고, 피멍이 들고, 감정에 골이 파여 낭떠러지로 떨어졌다가 하늘로 솟구치는 감정의 기복이 반복되기 마련이다. 신앙을 버리는 일까지 아무렇지 않게 할 수 있을 만큼.

나는 내가 사는 아파트 바로 옆 요양원에 엄마를 입소시켰다. 세 살 난 내 아기를 낯선 곳에 버리고 돌아선 느낌. 나는 운전하다가도 차를 세우고 한참씩 울곤 했다. 이론적으로, 논리적으로 생각할 수 있는 일이 아니었다. 사랑하지 않았으면 담담했을 일일지도 모른다.

요양원에 부모님을 모신 보호자가 이 글을 읽는다면 이렇게 생각할 수도 있다. '당신에겐 지나간 일이지만, 나는 지금 겪는 일이오!' 맞다, 내게는 이미 지나간 일이다. 하지만 나는 보호자가 되어보았고, 요양보호사로서 어르신을 돌보는 입장도 되어보았다. 어르신을 돌본다고 해서 치매 환자가 되어볼 수 있는 것은 아니다. 하지만 오랜 시간을 어르신 곁에서 돌봄 일을 하다 보면 어르신의 감정에 이입이 된다.

나는 가끔 밤에 어르신이 없는 빈 침대에 누워본다. 세 분 어르신의 숨소리를 고스란히 느끼고, 이따금씩 내뱉는 신음 소리, 지린내(소변 냄새), 침대의 촉감, 방안의 어둠 안에 갇혀 있는 느낌 등 온갖 것들이 혼합되어 내 주변을 맴돈다. 나는 그 온갖 것들 속에서 몸을 뒤척이며 성찰의 시간을 가져본다. 나도 언젠가 이런 곳에 누워서 생의 마지막을 보낼 수도 있고, 아닐 수도 있다.

대부분의 부모님들은 항상 이렇게 말씀하신다. "나는 내 집에서 죽고 싶다. 병원 중환자실이 아닌, 내 집에서 생의 마지막을 보내고 싶다." 이런 바람은 누구나 갖고 있고, 간절히 소망하는 절박한 기도와도 같다. 나도 내 집, 내 침대 위에서 생을 마감하고 싶다.

그런데 인생이 어디 바람대로 되던가? 간절히 바란다고 다 이루어지던가? 나는 요양원의 침대에 누워 다시 생각한다. 이곳에서 보내는 생의 마지막이 불행하기만 한 것인가? 내 바람대로 되지 않은 인생은 존중받을 가치가 없는가?

행복과 불행은 마음먹기에 달렸다고 한다. 내 마음에 오지 않던 평화가 폭풍 같던 시간을 뚫고 해일 속을 지나 서서히 모습을

돌봄이 아니라 인생을 배우는 중입니다

드러내는 것은 아니다. 눈에 보이지 않는 평화, 그 마음이라는 몹쓸 것은 결국 내 의지가 생기기 시작하면서 싹이 텄다.

집 또는 요양원이라는 장소가 행복과 불행을 가늠하는 잣대가 되지 않는다는 사실을 분명히 하자. 생각의 전환이 필요하다. 이 세상의 모든 부모와 자녀의 관계가 이상적인 '사랑'으로 맺어지지 않았다는 사실은 누구나 안다. 오히려 부모와 자식이 아니라면, 차라리 남이라면 좋았을 때도 상당히 많다. 사랑하지 않으면 아픔도 없으므로 요양원에 부모를 맡기고 돌아갈 때 느끼는 그 아픔도 사랑의 증거이다. 가슴이 찢어진다면 그만큼 부모님을 사랑한 증거임을 받아들이는 편이 좋겠다.

치매 걸린 부모님을 모시고 사는 것은 '효'이고 요양원에 맡기는 것은 '불효'라는 인식은 뿌리 깊은 우리나라의 유교사상과 무관하지 않다. 나는 사실 '불효'라는 생각 때문에 울고불고했던 것은 아니다. 엄마와 나는 서로에게 가시였다가 솜사탕이었다가, 냉정이었다가 열정인 그런 사이였다. 내가 폭우 속에 서서 울었던 건 내 엄마의 인생에 대해 고스란히 이해하는 데 너무 오랜 시간이 걸렸음을 깨달았기 때문이다. 겨우 이해가 되고, 그래서 이제 막 온전히 사랑의 감정으로 엄마를 품으려는 시점에 엄마가 치매에 걸렸던 것이다. 그런 엄마를 요양원에 맡기고 내 삶을 살아야 한다는 일이, 내겐 월미도 앞바다로 차를 몰아 폭우 속에 서서 울어야 할 만큼 나를 흔들게 한 일이었다.

혹시 이 글을 읽는 독자 가운데 나와 비슷한 심경으로 부모님을 요양원에 맡기고 돌아서야 하는 사람이 있다면, 너무 걱정하지 않았으면 좋겠다. 나처럼 비 오는 저녁, 바다를 바라보며 한바탕 울고 나서라도 마음을 다잡아보았으면 좋겠다. 요양원에 근무하는 한 요양보호사가 어르신의 침대에 누워 사람 사는 인생에 관해 수없이 생각해보니, 요양원에서 보내는 생이 그리 비참하거나 서글프지만은 않더라는 사실을 알게 되었다고 하면 좀 위로가 될지도 모르겠다. 내 마음이 그러하니 당신도 그랬으면 좋겠다는 것이 아니다. 마음을 그리 먹는 일이 우리 서로에게 가능한 일이 아니겠는가? 혹시 신에게 내 마음을 맡기는 사람들에게도 그리 어려운 일은 아니지 않겠는가?

자주 찾아뵙지는 못하더라도, 요양원도 사람 사는 곳이라는 사실 하나만 분명히 안다면 덜 힘들지 모른다. 어디 사랑이라는 불변의 진리가 떨어져 산다고 해서 변하는 것은 아니지 않은가. 요양원에 계신 어르신은 '집'과 '자식'을 무의식 속에서도 놓지 않는다는 것을 믿어주길 바란다.

중증 치매 어르신의 식사 수발을 하는데, 어르신이 밥을 입에 넣은 채 중얼거리셨다. 이 어르신은 자신의 딸이 면회를 와도 못 알아보신다.

"집에 가야 쓰겄어."

"집에요? 집이 어디신데요?"

"몰러."

"근데 어떻게 집에 가시려구요?"

"집에 가서 자식들 봐야제."

치매 환자의 보호자라는 굴레

나는 예전에 내가 가르치던 학생의 아버지가 근무하는 병원에 가서 진료를 받은 적이 있다. 정확히 어떤 질병 때문에 갔는지 기억은 가물가물한데 그 의사가 내게 단호한 어조로 했던 말은 지금도 생생히 기억한다.

"전 선생님의 어머니가 치매를 앓다가 돌아가셨잖아요. 그래서 전 선생님도 치매에 걸릴 유전적 확률은 있지요. 허나 전 선생님처럼 두뇌 쓰는 일을 열심히 하다 보면 그 확률은 줄어들겠지요."

그 말은 나에게 오랫동안 족쇄였고, 굴레였고, 공포였다. 누군가 나의 미래에 대해 내린 확정 판결 같았다. 나는 무서웠다. 그 무서움을 증폭시키는 일이 하나 추가되었다. 친구들과 재미 삼아 사주를 보러간 적이 있었다. 나의 사주를 풀이하던 철학관 아저씨는 이런 말을 했다.

"뇌질환을 조심해요. 늙어서 관리 잘하고."

나는 철학관을 나오면서 계단에서 발을 헛디딜 정도로 정신이 혼미해졌다. 나도 엄마처럼 된다는 건가? 엄마처럼 치매에 걸린다고? 난 딸도 없는데… 나도 요양원에서 결국 소변줄을 끼고, 엄마 닮아서 입이 짧으니 엄마처럼 경관식으로 연명을 하다가 죽는다고?

여기서 끝난 게 아니다. 건강검진 결과에서 나도 엄마처럼 콜레스테롤 수치가 정상 범위를 넘어선 것이다. 그때부터 나는 정말 뇌경색과 콜레스테롤 노이로제에 걸렸다. 음식을 싱겁게 먹기 시작했고, 고지혈증약을 처방받아 먹으면서도 콜레스테롤 함량이 높은 음식 목록을 적어놓고 절대로 먹지 않았다. 새우, 뱅어포, 계란 노른자, 오징어, 치즈 등등….

엄마가 살아생전 다녔던 신경과에 가서 의사를 만났다.

"선생님, 저의 엄마가 뇌경색으로 돌아가셨잖아요. 저도 그럴 확률이 높은 게 아닐까요? 검사라도 받고 싶어요."

"반드시 그렇지는 않아요. 가족력이 있다고 해서 꼭 뇌경색이 생기지는 않습니다."

"선생님, 제가 철학관에 갔었는데 뇌질환을 조심하라고 했어요."

나는 결국 이성을 잃고 말았다.

"그럼 결국 사주를 보고 와서 검사를 해달라는 거예요? 그럼 이렇게 합시다. 경동맥 초음파를 해서 이상이 있으면 그때 다시 이야기를 해보죠."

나는 경동맥 초음파 검사를 하고 이상이 없다는 소리를 들었다. 나의 불안이 끝난 건 아니지만, 그래도 이 년에 한 번씩 경동맥 초음파를 받아서 예방을 하면 되겠다는 정도의 안심이 되었다.

그런데 어느 날 한의원에서 진맥을 받다가 한의사로부터 또 청천벽력 같은 소리를 들었다.

"전 선생님은 뇌질환이 올 수 있는데, 뇌출혈보다는 뇌경색일 확률이 더 높아요."

하지만 나는 이제 고지혈증약을 복용하면서 콜레스테롤의 수치를 낮추는 일 말고는 아무것도 하지 않는다. 이 년에 한 번씩 받던 경동맥 초음파도 받지 않는다. 왜? 뭐가 달라졌는가? 아니다. 나는 늙어가고, 몸의 노화는 빠르게 진행되고, 여기저기 쑤시고 결리고 아프다.

요양원에서의 삼 년이 나를 '유전적 확률과 철학관의 예언과 한의사의 진맥'을 무시할 만큼 성숙하게 만들었다면 믿어줄까?

돌봄이 아니라 인생을 배우는 중입니다

인생은 '생로병사'가 아니던가? 오는 병을 두려워한다고 막아지는가? 치매가 암보다 무섭다고?

나는 호스피스 병동에서의 닷새를 여전히 잊지 못하고 있다. 친한 후배는 여전히 호스피스 병동에서 일하고 있다. 가끔 만나서 차를 마시는데, 우리 둘의 대화는 참으로 처연하다.

"요즘도 호스피스 병동에서 일주일을 못 넘기는 사람이 많지?"

"그렇지 뭐. 이젠 아무렇지 않아. 죽음을 보는 게."

"사실 나도 그래. 요양원에서 보았던 죽음이 뭐 별거 아니던데, 뭐."

통증을 가장 강력한 진통제로 버티는 암 환자의 얼굴에서 무엇을 보았는가, 나는?

치매는, 아니 치매 보호자의 가장 강력한 굴레는 사회적 인식이다. '당신은 당신 엄마처럼 치매에 걸릴 수 있어'라는 의사의 말 한마디에 '치매 환자의 삶은 죽음보다 못하다'라는 인식의 구렁텅이로 빠져버렸던 나이다. 그 구렁텅이에서 진탕 뒹굴다 나온 나.

살아보라. 치매 환자를 부모로 둔 보호자들이여. 더 살아보라. 의사는 신이 아니다. 아니 또 그러면 어떤가? 의사의 말이 맞아서 치매에 걸린다면? 인간의 삶은 어떤 경우에 놓이더라도 존중받아 마땅하고, 모든 인생은 존엄하다는 인식의 구렁텅이에서 실컷 뒹굴어 보라. 왜 질병과 질병이 비교 대상이 되어야 하는가? 치매 환자의 보호자라는 굴레는 우리 스스로 벗어던질 수 있는 것이다. 지금 이 글을 쓰고 있는 한 요양보호사의 생생한 체험담에서 여러분이 굴레를 벗을 수 있는 열쇠를 찾을 수 있기를. 반드시 그 열쇠를 찾아서 굴레를 벗어던지고 여러분의 나머지 삶이 자유롭길 바란다.

돌봄이 아니라 인생을 배우는 중입니다

그대여, 걱정하지 말아요

지난 새벽, 어르신 한 분이 소천하셨다. 그 어르신은 1월쯤인가, 목에 구멍을 뚫고 플라스틱 관을 삽입한 이동식 산소호흡기를 달고 입소하셨다. 어르신의 목에 오백 원짜리 동전 크기의 구멍을 뚫어서 그 안에 관을 삽입한 후 다른 카테터로 연결하여 다시 기계에 연결하는 구조. 다시 말해서 어르신은 자력 호흡이 아니라 증류수통을 단 산소호흡기를 통해서만 호흡이 가능하셨다. 기계에 연결된 다른 기기에선 어르신의 호흡 상태에 따라 화면의 변화가 나타나고, 가끔씩 삑삑삑, 신경을 거스르는 기계음이 났다.

간호사는 하루에 서너 번 이상 목의 연결 부위를 빼고 석션을 했다. 어르신은 당연히 콧줄로 경관식을 드셨고, 목욕은 침상 목욕을 했다. 일상적 대화나 표현이 가능한 상태는 아니었으나, 머리를 베개에 비벼대고, 혀를 내밀어 입 주변을 심하게 핥으셨으며, 안쪽으로 구부러진 손을 이리저리 움직이셨다. 자가 호흡이 아니어도 살아 있는 사람이 할 수 있는 움직임을 자는 시간 빼고 끊임없이 하셨다.

어르신이 입소하고 얼마 되지 않아서 코로나 19로 면회가 제한되다 보니 우리는 보호자와 이야기를 나눌 기회가 없었다. 어르신에 대한 정보라는 말보다는 어르신에 대한 이력이라는 말이 정서적으로 와닿기 때문에 나는 '살아온 발자취, 흔적, 직업 등'의 뜻을 가진 '이력'이라는 단어를 쓰겠다. 요양보호사가 입소한 어르신에 대한 이력을 알게 되면 우선 그분이 하는 언행을 이해하는 데 도움이 된다. 뿐만 아니라 대화를 나눌 때 배려의 마음을 낼 수도 있다. 따라서 어르신이 어떻게 살아오셨고, 현재 가족관계는 어떻고, 병명은 무엇인지 아는 것은 무척 중요하다.

어제 새벽에 어르신이 임종하자 연락을 받은 딸이 급히 왔다. 우리가 아는 것은 어르신에게 자식은 딸 하나가 유일하다는 것 뿐. 딸은 조용히 엄마의 모습을 지켜보았고, 여기저기 전화를 했다. 장례식장에서 어르신의 시신을 운구하러 오는 데 두 시간 이상 걸렸다. 우리는 우리의 할 일을 하고 있었고, 보호자는 의자에 걸터앉아 있다가, 문 앞을 서성거리다가, 머뭇거리며 내게 말을 걸었다.

"그동안 애쓰셨어요."

나는 어떤 말을 해야 할지 난감해하다가 "어머니, 편하게 가셨어요."라고 전했다. 그 말이 그나마 가장 위로가 될 것 같았다. 십 분 정도 보호자는 내게 그동안의 어머니에 대한 '이력'을 말해주었다. 겉으로 담담해보인다고 속으로도 담담한 것은 아니다. 누구에게라도 아니 몇 개월간 자신의 어머니를 보살펴왔던 우리 중 누구에게라도, 말이 하고 싶었을 것이다. 나는 지금 매우 슬프고, 그동안 참으로 힘들었노라고….

"엄마는 참 건강하셨어요. 그런데 삼 년 전쯤 강아지를 안고 계단을 올라가다가 삼 층에서 갑자기 강아지가 엄마의 어깨를 타고 튀어 내려갔어요. 당황한 엄마는 강아지를 쫓아가려다 계단에서 구르셨어요. 어깨뼈가 산산이 부서졌고, 그때부터 중환자실과 요양병원을 왔다갔다 했어요. 결국, 엄마의 목에 구멍을 낸다고 하더라구요. 그때까지만 해도 엄마가 의식이 있었어요. 그렇지 않으면 돌아가신다는데 어떻게 안 하겠어요."

어떤 말이 위로가 될까. 모두 무의미해보였다. 이곳에 오신 모든 어르신이 안고 사는 아픔 아닌가. 나는 보호자의 등을 토닥여주었다.

"아버지는 일찍 돌아가시고, 오빠들도 오십 조금 넘어 다 죽어서 엄마를 책임질 사람이 저 말고 아무도 없었어요."

보호자는 입관, 화장, 봉인된 엄마의 유해가 담긴 따뜻한 항아리를 가슴에 안는 장례의 절차를 밟으며 오열할 것이다. 나도 그랬으니까.

그 보호자는 엄마의 시신과 함께 쓸쓸한 등을 보이며 엘리베이터에 올랐다. 삼 년 동안 그런 뒷모습을 참 여러 번 보아왔지만 여전히 익숙해지지 않는다. 아무리 이별 연습을 해도 실전에선 연습의 효과가 나타나지 않는다. '삶이란 나에게 잠시 맡겨진 선물'이라고 누군가 그러지 않았던가. 그 '잠시'를 우리는 소중하게 보내지 못하다가 때늦은 후회의 눈물로 생을 마감하는 경우가 많다.

나는 요양보호사 일에 쉽게 적응하지 못했다. 그래서 대안으로 호스피스 자격증을 땄다. 그런 다음 닷새 동안 호스피스 병동에서의 실습. 아, 요양원 어르신들의 삶과 말기 암 환자의 삶을 단순히 비교할 수는 없다. 둘 다 고통스러운 상황임에는 틀림이 없어 보인다. 나는 암이란 이상 세포가 몸의 내부에서만 생긴다고 생각했다.

그런데 호스피스 병동에 들어서는 순간, 나는 한곳에 시선이 멎었다. '두경부암'이 한쪽 얼굴의 반을 덮고 있었다. 눈은 물론 코와 입안까지 혹처럼 생긴 종양 덩어리에서 진물이 흘러내리

돌봄이 아니라 인생을 배우는 중입니다

고 있었다. 실습생인 나에게 그분의 '이력'이 전해졌다. 사십 대 중반에 사업 실패로 스트레스를 받아서 암이 발생했고, 그 충격으로 아내는 두 눈이 실명되었단다. 가족의 생계를 위해서 눈먼 아내는 마사지업소에서 일을 한다. 아내는 출근하기 전에 남편 곁에서 두 시간 정도 손을 꼭 잡은 상태로 있다가 간다. 남편 역시 아내의 손을 절대로 놓지 않는다. 나는 영화에서나 나올 법한 스토리에 가슴이 아팠고, 남편이 아내를 놓지 못하는 것은 손만이 아니라 마음에서 더 강한 힘으로 아내를 잡고 있는 것 같았다. '내려놓을 수 있으면 좋겠다'는 생각을 했지만, 실습이 끝나는 날까지 남편은 강한 진통제에도 더 독한 수면제에도 쉽게 잠들지 못하고, 고통을 견디고 있었다.

사람은 누구나 죽는다. 장수한다고 행복한 죽음이고, 질병 혹은 사고로 단명한다고 해서 불행한 죽음은 아니다. 다만 그렇게 생각하는 사람만 있을 뿐이다. 생로병사의 길은 이 세상에 태어난 인간의 숙명이다. 우리에게 잠시 주어진 선물 같은 시간 속에 병마가 찾아오고, 사고가 찾아오고, 이별이 찾아와도 우리는 견디고 참아내야 한다. 단 일회적인 삶에 길고 짧고, 혹은 세속적 잣대로 성공이냐 실패냐가 뭐 그리 중요한 일인가. 호스피스 병동의 수간호사가 실습생들에게 마지막으로 해준 말이 기억난다. 호스피스 병동에 들어오는 사람의 80퍼센트가 유전적 요인보다

스트레스로 인한 발병으로 온다고. 그러므로 스트레스 받지 말고 행복하게 살도록 노력하자.

나의 부모님이나 시부모님이 치매에 걸리리 않고 돌아가시면 얼마나 좋겠는가. 하지만 불청객인 치매가 찾아왔다고 해서 강제로 내쫓을 수 없다면, 같이 사는 방법을 모색해보는 것이 내 삶을 덜 불행하게 만드는 일이 아닐까.

돌봄이 아니라 인생을 배우는 중입니다

우리 부모님이 혹시 치매?
바로 활용해보는 문진표!

나이 든 부모를 모시는 자녀들은 늘 노심초사한다. 바쁜 일상을 건사하기도 쉽지 않은데 하루가 다르게 노화의 길을 걷는 부모님을 대하노라면 걱정이 앞선다. 육체적인 노화는 눈에 띄기라도 하지만 치매는 부지불식간에 찾아와 부모님의 삶은 물론 가족들의 평온한 일상을 무너뜨린다. 그래서 부모님을 모시는 보호자를 위하여 내 경험을 바탕으로 간단한 문진표를 작성해보았다. 아래 제시하는 15가지 사항을 짚어보고, 해당 사항이 절반 이상이라면 병원에서 정확한 진단을 받길 권한다.

☐ 1. 갑자기 잠이 많아졌는가?

☐ 2. 기억력이 현저히 떨어졌으나 조금 지나서라도 생각이 나면 건망증이다. 하지만 끝내 생각나지 않는 일이 반복되는가?

□ 3. 두 손을 앞으로 뻗어 한 손은 손등을, 다른 한 손은 손바닥을 향하게 한 후 빠른 속도로 뒤집기를 해본다. 손등과 손바닥을 교대로 뒤집기 해서 잘 안 되면 초기 치매를 의심해보아야 한다. (이 부분은 의사의 지시로 엄마가 해보았던 일이다.)

□ 4. 말이 갑자기 어눌해지거나 특정 발음이 잘 되지 않는가?

□ 5. 얼굴 한 쪽 근육이 살짝 굳어지는 듯한 느낌이 있는가?

□ 6. 걸음걸이가 한쪽으로 쏠리는 느낌을 받은 적이 있는가?

□ 7. 우울감이 1년 이상 지속되는가?

□ 8. 사소한 물건, 사탕이나 요구르트 등을 이불이나 장롱 속에 숨기는 일이 있는가?

□ 9. 말수가 급격히 줄어들었는가?

□ 10. 평소 잘 만들던 음식인데, 만드는 순서를 뒤바꾸어 엉망으로 만드는가?

□ 11. 멍 때리는 일이 자주 있는가?

□ 12. 집 현관문의 비밀번호를 자주 잊어버리는가?

□ 13. "얘야, 내가 왜 이러니?" 하며 본인의 상태를 물으신 적이 있는가?

□ 14. 횡단보도 앞에서 초록불과 빨간불이 켜졌을 때 금방 알아차리지 못하는가?

□ 15. 평소에 잘 다니던 길인데 길을 잃고 헤매는 일이 있는가?

돌봄이 깨우쳐준 몇 가지 것들

1

요양보호사로 일하면서 이와 관련된 책을 꽤 여러 권 읽었다. 책 읽기는 오래된 습관이기도 하거니와 느즈막히 시작했지만 이왕에 시작한 돌봄 일을 제대로 해보고 싶어서이기도 하다. 역시 책을 펼칠 때마다 돌봄에 대한 새로운 지평이 열리고, 내가 하는 일에 대한 확신을 갖게 되었다. 그 가운데서 '돌봄'을 다음과 같이 표현한 글을 읽었을 땐 막혔던 체증이 확 풀리는 느낌이었다.

"돌봄은 희망할 만한 것, 돌봄은 머무를 만한 것, 돌봄은 배워야만 하고 경험할 가치가 있는 것"*

아, 이 얼마나 깊이 있는 사유인가? 나는 치매에 걸린 엄마를 삼 년 동안 돌봤는데, 그때 나의 돌봄은 진정 최선이었을까? 위의 글을 읽으면서 이런 회의와 자책이 가슴을 때렸다. 지금 나는 '돌봄'을 직업으로 삼고 있다. 물론 이 일은 밥벌이의 수단이기도 하다. 지금까지 '돌봄'의 직업군에 대해 이렇게 호의적이고 문학적인 표현을 해준 적이 없었기에 나는 한참 동안 책장을 넘기지 못했다.*

나는 이 글을 쓴 전희경 작가의 글에 전적으로 공감한다. 나의 엄마를 돌보던 삼 년은 서툴렀을지라도, 요양원에서 어르신들을 돌보았던 삼 년의 경험으로 '돌봄'의 의미에 대해 충분히 숙지할 수 있었기 때문이다. 그런 까닭에 요양보호사에 대한 일부 몰지각한 사람들의 인식처럼 '돈만 주면 얼마든지 구할 수 있는 사람들'이라는 인식이 얼마나 오만한 판단인지 새삼 깨닫게 되었다.

이런 생각을 하면서 퍼뜩 떠오른 한 간병인이 있다. 꽤 오래전 일이다. 친구의 어머니가 입원해 있던 병원에 병문안을 간 적이 있었다. 그 어머니는 굴뚝을 고치던 집주인이 실수로 떨어뜨린 벽돌에 맞아서 머리가 함몰된 상태였다. 그 어머니 곁에 있던

---

*전희경, "시민으로서 돌보고 돌봄 받기", 《새벽 세 시의 몸들에게》, 김영옥 외 지음, 메이 엮음, 생애문화연구소 옥희살롱 기획, 봄날의책. 2020. p. 78

한 간병인, 바로 그가 떠올랐다. 그는 중년의 단아한 여자였는데, 몇 분 만에 나는 그녀가 전직 간호사였음을 알 수 있었다. 본인 입으로 말한 게 아닌데도 말이다.

그때 나는 '돌봄'에 대한 자긍심을 느끼고 본인의 임무에 만족하는 한 사람의 모습을 보았다. 우리는 보통 간병인, 하면 환자 곁에서 그들의 요구 사항을 들어주는 사람 정도로 생각한다. 그런데 그 분은 조금 달랐다. 환자와 진심어린 스킨십을 하고, 눈빛으로 대화를 하면서 보호자가 오면 그동안 환자에게 일어났던 일들을 메모한 노트를 건네주었다. 이 책을 쓰는 내내 나는 그때 그 간병인의 자세에 대해 자주 떠올리곤 했다. 나는 과연 자긍심이 있는가? '돌봄'이 가치 있다고 진심으로 여기는가? 우리의 돌봄은 스스로 그 자긍심과 가치를 만들고 있는가?

2

내게도 요즘 '노화'의 이름으로 찾아오는 손님들이 자꾸 말을 건다. 안구건조증, 척추관협착증, 무릎 관절염, 어깨 통증 그리고 위염. 위염은 흔하디흔한 병이지만, 선천적으로 위가 튼튼하지 못한 데다가 나이 들수록 위의 운동 능력이 떨어지다 보니, 아주 약한 자극에도 나의 위는 자꾸만 내게 말을 걸어온다. 나는 무방비로 그 앞에 무릎을 꿇고 머리를 조아린다. 밤새 화장실을 들락거리다가 팬티에 변을 묻히고, 이불까지 더럽힐 때도 있다. 나와 요양원 어르신들의 차이가 뭘까? 나도 어쩌면 자꾸만 걸어오는 '말'들에 묶여서 꼼짝 못 하게 되는 날이 오지 말란 법이 없지 않을까?

한번쯤 말을 걸겠지. 언제쯤일지는 모르지만, '노환과 질병, 통증과 죽음'이라는 손님이 말을 걸어오는 순간들이 찾아온다. 그렇기 때문에 우리는 '돌봄을 받는 이들'에게나 '돌봄을 하는 이들'에게 아주 호의적이어야 하며, 누구나 피해갈 수 없기 때문에 말을 걸어오는 손님과 적절히 동행하는 연습을 해야 한다.

특히 세월의 수렁 같은 치매, 그래서 인간의 수명이 길어지면서 더 많은 사람들이 빠지고 마는 병. 어쩌면 수명 연장의 꿈과 바꾼 치욕인지도 모른다. 하지만 치매는 한 사람의 정체성을 새로 만들지 않는다. 치매로 인해 전후로 분리되는 것처럼 느끼는 건 우리의 판단일 뿐이다. 지금 이 순간, '은재야' 하고 부르시는 어르신의 기억은 자신이 여전히 손자를 키우던 시절로 잠시 돌아간다. 맞벌이하던 아들 내외를 위해 손자를 소중히 키웠던 그 시절의 행복했던 추억이 '망상'이라는 이름으로 불릴 뿐이다.

나는 엄마가 치매에 걸렸다는 사실을 알고 나서 엄마의 손때가 묻은 살림살이를 정리했다. 엄마는 이제 밥을 하거나 김치를 담글 수 없는 몸이 되었으므로, 정리하는 것이 당연하다고 생각

돌봄이 아니라 인생을 배우는 중입니다

했다. 하지만 치매 걸린 엄마의 몸에 오랫동안 누적된 습관들은 엄마에게 자꾸 말을 걸었을 것이다. '김치 담그려면 큰 그릇이 있어야지' 혹은 '손자가 좋아하는 계란찜에 조미료를 넣어야지' 뭐 이런 말들 말이다. 엄마는 자꾸 그릇가게로 가곤 했다. 엄마가 늘 쓰던 화학조미료를 쓰지 말라고 하자 엄마는 이불 속에 조미료통을 숨기셨다. 그때는 몰랐다. 치매를 기점으로 사람의 몸도 전후로 바뀌는 것이 아니라는 것을. 그래서 엄마를 윽박질렀다. 엄마의 행동은 잘못된 거라고.

하지만 치매에 걸렸어도 걷고 싶을 때가 있을 것이다. 따스한 햇살 속에 서 있고 싶은 순간도 있고, 밖에 나가 자식들과 설렁탕 한 그릇씩 사 먹고 싶을 수도 있을 것이다. 자신이 살았던 집에 가서 하룻밤 자고 싶을지도 모르겠다. 다만, 우리가 그분들은 그럴 수 없을 것이라고 규정하고 판단할 뿐이다.

내가 만약 엄마에게 치매가 오기 전에 관련 서적들을 읽고 엄마에게 말을 걸어오는 손님들의 불친절에 대해 알았다면, 어쩌면 나는 엄마의 배회와 이상 행동과 망상에 대해 적대적이며, 절망적이며, 자포자기한 심정으로만 살지는 않았을 것이다. 엄마의 배회와 이상 행동과 망상이 엄마와 한몸이었음을 알았다면 '비정상적인 행동'으로만 판단하는 오류에서 벗어나 엄마의 행동이 엄마의 내면과 무의식에서 비롯된 또 다른 자아였음을 인정했을 것이다. 그 또한 내 엄마였음을. 늦었지만 지금이라도 그 진실을 알았다는 것에 감사한다. 이 책이 지금 부모님에게 말을 거는 불친절한 손님들로 인해 혼란스러운 분들에게 작은 위안과 적절한 길잡이가 될 수 있기를…. 그것이면 족하다.

3

오늘 밤 야근은 조용하다. 창밖의 빗소리가 들릴 정도로. 각기 다른 역사를 간직한 어르신들이 고단한 잠에 빠져 계신다. 어쩌면 꿈속에서는 고향 집도 가보고, 밭에 나가 감자도 캐고, 가마솥에 불도 지피고, 아내와 달큰한 대화를 나누고, 자식들 학비 걱정을 하고 계실지도 모른다. 튼튼한 팔과 다리로 들판을 휘저으며 마구 내달리실지도 모른다. 잠에서 깨어 그 시절을 그리워할 줄 모르는 상태로 되돌아와도 괜찮은 삶. 그래도 정말 괜찮은 삶. 존중받아 마땅하고, 돌봄 받아 마땅한 삶. 우리의 잣대로 규정해선 안 되는 정말로 소중한 삶들이 지금 내 곁에 있다. 그 소중한 삶을 돌보기 위해 이 밤을 지키고 있는데 백 세가 넘은 할매가 손짓으로 나를 부른다.

"왜요, 어르신?"

"몸이 아파."

"어디가 아프세요?"

"안 아픈 데가 없어."

"어르신 나이가 백 세가 넘었는데, 여기저기 아픈 건 당연한 거예요. 저도 여기저기 막 아파요."

"그래? 아파?"

"네."

"아파도 좋아. 얼씨구나, 좋구나 좋아."

이 한밤에 초긍정 마인드의 절정이다. 입에 함박웃음을 머금고, 눈웃음을 치며, 손으로 장단을 맞추어 노래까지 하신다. 이 어르신은 젊은 시절에도 초긍정 마인드의 소유자였음이 분명하다. '아파도 좋아!' 이 얼마나 역설적인 아름다움인가? 해탈의 경지다. 치매에 걸린 노인이 하는 헛소리라고? 그렇게 말하지 마시라. 그런 말을 하는 당신에게도 한번쯤 누군가 말을 거는 순간이 올 것이므로. 누구도 피해갈 수 없는 그 순간이 오면 겸허히 함께 견디고 살아내거나 혹은 견디다가 힘에 겨워 죽거나. 그게 인생 아닌가? 오늘도 돌봄을 통해 인생의 참 진리를 배워간다.

돌봄이 아니라
인생을 배우는 중입니다

2020년 12월 17일 초판 1쇄 발행

지은이 전계숙
펴낸이 조시현
책임편집 김장환
디자인 프리스타일

펴낸 곳 일월일일
출판등록 2013. 3. 25(제2013-000088호)
주소 04007 서울시 마포구 희우정로 122-1 현대빌딩 201호
대표전화 02) 335-5307
팩스 02) 3142-2559

전자우편 publish1111@naver.com
유튜브 책익는마을 - YouTube

ISBN 979-11-90611-07-7 03810

· 이 도서의 국립중앙도서관 출판예정도서목록(CIP)은 서지정보유통지원시스템 홈페이지(http://seoji.nl.go.kr)와
  국가자료종합목록시스템(http://www.nl.go.kr/kolisnet)에서 이용하실 수 있습니다. (CIP제어번호 : CIP2020049273)